Christian Mesenberg

Der
Zug des
Lebensläufers

Roman

November 2000
Alle Rechte liegen beim Autor
Herstellung: Books on Demand GmbH
Umschlaggestaltung: Kai Laborenz <sichtlinien>
Printed in Germany

ISBN 3-8311-1538-9

Für jene,
die sich in diesen Seiten wiederfinden

Schattendasein

I close my eyes
Only for a moment and the moment's gone
All my dreams pass before my eyes - a curiosity
Dust in the wind, all they are is dust in the wind

Same old song
Just a drop of water in an endless sea
All we do crumbles to the ground though we refuse to see
Dust in the wind, all we are is dust in the wind

< Kansas - „Dust In The Wind" >

Eigentümlich berührt blickte Robin aus dem Fenster. Es war einer jener Abende, die man am besten zu Hause verbringt: grau, ungemütlich und kalt. Die ersten Tage des Herbst. Draußen regnete es. Der fahle Schein der alten Gaslaterne fiel auf die nasse, mit Laub bedeckte Straße. Eilige Gestalten durchquerten kurz das Licht und verschwanden gleich darauf wieder im Dunkeln. Wie eine Metapher für das Leben erschien ihm in diesem Moment der Blick aus dem Fenster. Waren wir nicht alle nur Schatten, die aus der Dunkelheit in das Licht des Lebens traten, für kurze Zeit verweilten, nur um gleich darauf daraus zu entschwinden? Ohne Spuren, ohne bleibende Erinnerung, ohne Sinn? Nachdenklich kehrte er zurück an seinen Platz vor dem Kamin. Die wohlige Wärme des Feuers erfüllte seinen Körper und machte ihn schläfrig. Seine Gedanken wurden träge, sein Unterbewußtsein verselbständigte sich.

Im Traum begann er zurückzugehen - zurück durch Zeit und Raum - bis an jenen Ort, an dem alles begonnen hatte, damals vor nunmehr sechs Jahren. Plötzlich saß er wieder in diesem Auto, einem Mietwagen, sah wieder die regennasse Fahrbahn vor sich. Er folgte einer endlos scheinenden im Nebel versinkenden Gebirgsstraße. Neben ihm saß seine Frau Helèn; sie lächelte ihm zu. Er sah ihr wunderschönes Gesicht und das lange, blonde Haar, wie es in leichten Wellen ihre Schultern hinabfiel. Ihre Augen leuchteten, glücklich und verliebt. Seit fünf Jahren waren sie verheiratet; es war ihr Hochzeitstag.

Der Wetterumschwung war unerwartet gekommen und hatte sie kurz zuvor völlig überrascht. Mit einem Mal befanden sie sich auf einer Fahrt ins Nichts, irgendwo im Herzen Schottlands.

Was dann geschah, war eigentlich mehr eine Verkettung unglücklicher Umstände als irgendjemandes Schuld. Die Straße, auf der sie fuhren, war einige Tage zuvor durch die ungewöhnlich starken Regenfälle unterspült worden und abgerutscht, unmittelbar hinter einer unübersichtlichen Biegung. Dort, wo sich die Fahrbahn hätte befinden sollen, gähnte ein steil in die Tiefe abfallendes Loch. Da die Strecke wenig befahren war, hatte man mit der Reparatur keine sonderliche Eile gehabt. Stattdessen waren lediglich eine provisorische Straßensperre und ein Umleitungsschild aufgestellt worden. Als der Regen aber auch in den nachfolgenden Tagen nicht an Intensität verlor und die Fahrbahn weiter abrutschte, versanken die aufgestellten Schilder ebenfalls in der Tiefe. Die nächsten, die die Strecke schließlich passierten, waren er und Helèn. - Seine Frau starb noch am Unfallort.

Als Robin nach fast drei Monaten aus dem Koma erwachte, hatte er alles verloren: seine Frau, seine Zukunft, seinen Glauben an Gott. Das einzige, was er noch besaß, war sein Leben und das erschien ihm so sinnlos wie nie zuvor.

In den ersten Wochen wurde er kaum fertig mit der Situation. Jeden Morgen aufs Neue wurde er in eine Welt gestoßen, in die er nicht mehr gehörte. Ein Teil von ihm, so schien es, war bei dem Unfall zusammen mit Helèn gestorben. Denn außer, daß sein Körper von der Wucht des Aufpralls zerschmettert und er zum Krüppel geschlagen wurde, hatte auch seine Seele Schaden genommen. Und als er nach langen Monaten der Gratwanderung zwischen Leben und Tod aus der teilnahmslosen Apathie wieder zu sich kam, war dieser Teil zurückgeblieben in der Welt jenseits des Horizonts. Seitdem war er dazu verdammt - der Integrität seiner Seele beraubt - ein Leben zu führen, in dem er sich weder dem Licht noch der Dunkelheit zugehörig fühlte. Es hatte ihn zerrissen.

Manchmal, wenn er sich von einem Tag zum nächsten schleppte, glaubte er, sich in einem Traum zu befinden. Alles erschien ihm dann unwirklich, war auf merk-würdige Weise zweidimensional, gerade so, als wäre er nicht mehr als das Abbild eines Menschen auf einem Foto oder die Figur in einem Roman, gefangen in einer Illusion. Fast erwartete er, daß sich diese verzerrte Realität jeden Moment vor seinen Augen auflösen würde, als hätte sie nie existiert. Doch aus den Momenten wurden stets Minuten und aus den Minuten wurden Stunden, bis er am Abend mit dem gleichen beklem-menden Gefühl der Unwirklichkeit wieder zu Bett ging.

Es war die Hölle. Tagsüber marterte ihn die Erinnerung und der Schmerz über seinen Verlust, in der Nacht peinigten ihn Alpträume. Weiter und weiter wurde er in die Verzweiflung getrieben. Der Gedanke, allem ein Ende zu setzen, erschien ihm von Mal zu Mal reizvoller.

Doch so übermächtig die Verlockung auch zu werden drohte, er wagte es nicht, selbst den Schritt zu tun, der seiner Seele die ersehnte Freiheit gegeben hätte. Denn tief in seinem Innern hatte er die unbestimmte Ahnung, daß sein Hiersein einen Sinn hatte. Einen Sinn, den er nur noch nicht in seiner Gesamtheit zu erkennen vermochte.

Obgleich Robin lange brauchte, sich von den schweren Verletzungen und der dauerhaften Bewußtlosigkeit zu erholen, besuchte er Helèns Grab, sobald er sich einigermaßen dazu in der Lage sah. Da weder sie noch er nähere Familie hatten, war die Bestattung von einer guten Freundin übernommen worden. Ein trostloser Marmorblock und eine ein mal zwei Meter große von Gräsern und verwelktem Gewächs überwucherte Fläche waren alles, was ihm von ihr geblieben war. Er entfernte das Unkraut und pflanzte stattdessen Rosen, Lilien und Dahlien. Helèn hatte die Farbenpracht der Pflanzen geliebt. Sie hatte darin ein Zeichen immer wiederkehrenden Lebens gesehen. Er wollte dieses Zeichen auf ihre letzte Ruhestätte setzen. In seiner Erinnerung würde sie weiterleben, bis ans Ende seiner Tage.

Ein leichtes Zucken durchfuhr Robin, als er aus dem unruhigen Halbschlaf erwachte. Draußen war es bereits Nacht geworden. Der Mond schien zum Fenster herein und erfüllte mit fahlem Schein das Zimmer. Langsam bewegte er seinen Rollstuhl ein wenig näher an den Kamin, um die nur noch schwach glimmenden Holzscheite erneut zu entzünden. Als das nachgelegte Holz brannte und ein gelegentliches Knacken verkündete, daß das Feuer gut in Gang kommen würde, griff er nach der Flasche Scotch Whisky, die neben ihm auf dem kleinen Beistelltisch stand. Er genehmigte sich einen Doppelten und prostete im Geiste der Frau zu, die nur noch in seinen

Träumen existierte. Mit einem leichten Brennen lief der Alkohol seine Kehle hinunter und machte ihm die Augen wäßrig, als er sich schließlich mit seinen Erinnerungen und seiner Trauer vermischte.

Aufbruch

Freedom's just another word for nothing left to lose

< Kris Kristofferson - „Me And Bobby McGee " >

Ziellos ließ ich meinen Blick durch den schwach beleuchteten Raum wandern. Die Einrichtung machte einen rustikalen Eindruck. Ich sah massive, dunkle Holztische und schwere Sitzbänke mit rotem Stoffbezug. Auf dem Boden lag ein abgewetzter Teppich, der einstmals von dem gleichen Rot gewesen sein mochte wie die Polsterung der Bänke. Aber der Schmutz der Jahre und die trübe Beleuchtung ließen ihn in einem tristen Braun erscheinen. Die vergilbten Wände waren mit viktorianischen Bildern verziert, aus denen Frauen mit blasser Haut und langen, wehenden Gewändern melancholisch auf mich herab blickten. Ein altes Fischernetz hing wie ein überdimensionales Spinngewebe in einer Ecke und von der Decke baumelte ein mehrarmiger großer Leuchter. Alles hier wirkte ein wenig heruntergekommen. Einst mußte dies ein schöner Ort gewesen sein, aber das war gewiß schon lange her.

Wie aus einer anderen Welt drangen dumpf Straßenlaute an mein Ohr. Die Luft war stickig und verraucht. Ein junger Kerl wankte mit unsicherem Schritt und glasigem Blick durch den Raum. An der Theke standen einige Männer, die sich leise mit dem Barkeeper unterhielten. In dem Spiegel hinter der Bar konnte ich ihre Gesichter erkennen. Unauffällige Gesichter, die zu einfachen aber ehrlichen Leuten gehörten. So manches Mal hatte ich mit Kerlen wie diesen zusammengearbeitet.

Den meisten hatte es an Benehmen gemangelt, aber was machte das schon? Solche Jungs hatten andere Qualitäten. Unter ihrer rauhen Schale schlug oft ein Herz aus Gold und vielfach hatte ich lernen müssen, daß man unter ihnen die Besten finden konnte.

Dann betrachtete ich die Leute an den Tischen. Auf eigentümliche Art paßten sie zu der Einrichtung, denn auch sie machten den Eindruck, als hätten sie ihre besseren Tage schon lange hinter sich gelassen. Die meisten waren allein, hatten ein Glas dunklen Biers vor sich und wirkten irgendwie abwesend, gerade so, als hingen sie in Gedanken einer schönen Vergangenheit nach.

Schließlich blieb mein Blick an einem Mann hängen, der mir direkt gegenüber saß: Anfang vierzig, unrasiert, kurzes dunkles Haar, das an den Schläfen allmählich grau wurde. Er wirkte müde. Seine braunen Augen, die einst von lebhaftem Feuer erfüllt gewesen sein mochten, schienen etwas zu beobachten, das in weiter Ferne lag. Ich kannte diesen Mann sehr gut. Denn ich war es selbst, der mir da aus dem Spiegel entgegenblickte.

Langsam setzte ich das Whiskyglas an meine Lippen. Mit einem kräftigen Schluck beförderte ich die brennende Flüssigkeit abwärts. „Noch einen!", rief ich dem Barkeeper hinter der gut polierten Eichenholztheke zu. Im Hintergrund spielte leise Joan Osbornes ‚What if God was one of us...' - ein Song über eine einsame Seele. Auf beklemmende Weise fühlte ich mich angesprochen, denn wenn ich etwas im Laufe der vergangenen Jahre gelernt hatte, dann dies: Wir gehen alle allein durchs Leben.

Einst hatte es eine Zeit gegeben, da hatte ich an die große Liebe geglaubt, an das vorherbestimmte Aufeinandertreffen verwandter Seelen, deren Erscheinen ein Echo in unserem Innern auslöst. Als ich damals auf Dana getroffen war, da hatte ich tatsächlich solch eine Resonanz verspürt, das beglückende Gefühl, sie in meiner Nähe zu wissen. Sie war wunderbar. Ihr liebenswertes Wesen zog mich nahezu magisch an. Wir ergänzten uns wie zwei Teile eines Puzzles, die zusammengefügt ein Bild ergaben. Meine Unrast gepaart mit ihrer inneren Ruhe; ihr Intellekt kombiniert mit meinem Ideenreichtum; meine lockeren Späße, die auf ihren feinen Sinn für Humor trafen; ihr künstlerisches Geschick und mein praktischer Sachverstand. Wir zeigten uns das Beste aus unseren Welten und ermöglichten uns gegenseitig Perspektiven, die der eine nicht ohne den anderen hätte erreichen können. - Yin und Yang. Wir hatten es und wir lebten es.

Der Barkeeper unterbrach seine Unterhaltung und blickte zu mir herüber. Er hatte sich locker ein Handtuch über die Schulter geworfen. „Einfach oder doppelt?", fragte er. „'n Doppelten", antwortete ich. Er nickte.

In jenen Tagen wußte ich den Glauben an die perfekte Beziehung noch tief in mir. Halbe Sachen gab es nicht. Sollte ich jemals meine Freiheit für eine Frau aufgeben, dann mußte sie es wert sein. Diese Frau glaubte ich in Dana gefunden zu haben, die perfekte Partnerin, einen wirklichen Freund und eine Familie. Und so wie es mir zu Beginn jener Jahre unvorstellbar war, nicht an die natürliche Harmonie unserer Beziehung zu glauben, so kam ich mit der Zeit nicht umhin, darin einen langwierigen Prozeß von bereitwillig eingegangenen Kompromissen zu erkennen. Indem ich mich darauf aber einließ, verwirkte ich auch Teile meiner Freiheit und irgendwann begann ich mich zu fragen, wieviele

Gelegenheiten ungenutzt, wieviele Herausforderungen unbestanden blieben, indem ich mich in ein Paradies der Zweisamkeit zurückzog.

Je mehr solcherlei Zweifel und Unsicherheiten von meinem Denken Besitz ergriffen, desto mehr begann ich die Lust an der Vielfalt zu entdecken. Es war, als hätte ich von der verbotenen Frucht der Erkenntnis gegessen. Ich wollte mich freimachen von Verantwortlichkeiten und Verpflichtungen und stattdessen hinausziehen in die Welt, andere Länder kennenlernen, Abenteuer erleben. Das einstige Traumschloß, das ich gemeinsam mit Dana erbaut hatte, wirkte mit einem Mal wie eine Festung, deren dicke Mauern mich fernhielten von den unentdeckten Wundern. So begann die selbstgewollte Vertreibung aus dem Paradies. Und als ich endlich wieder mein eigener Herr war, setzte ich viel daran, diesen Zustand zu wahren.

In dem Maße, in dem ich vorher an die tiefgehende, langandauernde Beziehung geglaubt hatte, meinte ich von da an, mich kurzatmigen, absehbaren Bekanntschaften widmen zu müssen. Zwar waren diese nicht ausschließlich oberflächlicher Natur gewesen, hatten aber bei weitem nicht den Tiefgang, wie ich ihn zuvor erfahren hatte. Trotzdem war ich glücklich dabei, zumindest eine zeitlang.

Mit einem fast mitleidigen Blick stellte der Barkeeper ein weiteres Glas billigen Whiskys vor mir auf die Theke. Schmecken mußte es nicht. Wirkung, das war alles, was zählte. Ich wußte es, der Barkeeper wußte es. Sein Mitleid konnte er sich schenken, was glaubte der denn? Er schien mich doch tatsächlich mit einem dieser typischen Verlierer zu verwechseln, die ihre Probleme im Alkohol ertränkten. Am liebsten hätte ich mich aufgerafft und ihm erklärt, daß dem nicht so war, daß ich - im Gegenteil - ein welterfahrener, erfolgreicher Unternehmer war und nicht irgend so ein armer, vom Leben gezeichneter Teufel. Aber wem wollte ich das erzählen und warum? Weshalb nur hatte ich das verdammte Gefühl, mich vor einem Barkeeper rechtfertigen zu müssen. Vielleicht, weil er recht hat, schoß es mir durch den Kopf.

Die Welt hatte ich sehen wollen, Abenteuer wollte ich erleben. Nun, die Welt hatte ich gesehen. Ich war ein Glücksritter auf einem Kreuzzug gegen die Beständigkeit gewesen, hatte gegen Drachen gekämpft und Prinzessinnen gerettet. Doch bei genauerer Betrachtung wurden die Drachen zu Windmühlen und die Prinzessinnen zu einfachen Flittchen. Ich hatte ein Leben voller Unrast und Unstetigkeit geführt. Am Ende hatte ich es sogar zu etwas gebracht. Verschiedenste Unternehmungen, die ich in Angriff genommen hatte, waren von Erfolg gekrönt gewesen und ich hatte genug Geld zusammengetragen, daß ich mir wohl bis ans Ende meiner Tage keine größeren Sorgen über ein Auskommen zu machen brauchte. Dennoch war ich mit all dem nicht wirklich glücklich geworden.

Hier saß ich nun, allein in einem dunklen Pub in London, irgendwo zwischen ‚West Kensington‘ und ‚Earl's Court‘. Endstation! Abermals blickte ich zurück zu dem Leben, das ich einst gehabt hatte, blickte auf das zurückgelassene Traumschloß, in das niemand mehr mich einlassen würde, weil niemand mehr da war. Es stand auf immer leer. Ich dachte an Dana, die einzige Frau, die ich jemals geliebt hatte, und fragte mich, wie es wohl gewesen wäre, wenn ich mich damals anders entschieden hätte.

Rückblickend war unsere gemeinsame Zeit sehr schön

gewesen. Höhen und Tiefen hatten oft dicht beieinander gelegen, aber trotz allem... Wenn ich ehrlich zu mir selbst war, so mußte ich zugeben, daß dies die besten Jahre meines gesamten verkorksten Lebens waren. Meine Reise hatte mich bis ans Ende des Regenbogens geführt und wieder zurück, nur um zu erkennen, daß ich alles, wofür es sich zu leben lohnte, bereits von Anfang an in Händen gehalten hatte. Doch ich hatte losgelassen, hatte es weggestoßen und mich abgewandt, den Blick starr auf ferne Ziele gerichtet, die keine wirklichen Ziele waren. Illusionen, die wie Seifenblasen zerplatzten, sobald ich ihnen zu nahe kam.

Ich leerte meinen Whisky. Mit einer abfälligen Geste legte ich eine Zehn-Pfund-Note auf den Tresen und rutschte von dem Barhocker, auf dem ich die letzten zwei Stunden trinkend und in Gedanken verloren verbracht hatte. Ohne mich umzusehen, verließ ich den Pub. Als ich vor die Tür trat, wurde ich geradewegs von strahlendem Sonnenschein geblendet. Es war später Nachmittag, ein milder Sonntag im Herbst. Leicht wankenden Schrittes zog ich durch die Straßen Londons. Es gab eigentlich keinen besonderen Grund, warum ich hier war. Früher war die Stadt das Pflaster, auf dem ich meine wilden Jahre verbracht hatte. Hier hatte ich Dreck zu Gold gemacht. Mehrfach war sie Ausgangspunkt für meine Reisen, meine Unternehmungen und meine Abenteuer gewesen. Aber heutzutage?

Ich hatte einige schöne Erinnerungen aus der Zeit, bevor ich meine Karriere als Weltenbummler begonnen hatte. Hier hatte ich Dana getroffen, hier hatten wir uns zum ersten Mal geküßt, hier waren wir glücklich gewesen. Ich mochte London. Fast schien es, als lägen die Empfindungen aus jenen Tagen noch in der Luft. Ich brauchte nur einzuatmen, um alles noch einmal zu erleben. Auf diese Weise konnte ich die Erinnerung lebendig erhalten. Und das war gut. Schließlich war sie alles, was mir von einem Leben blieb, das ich nie wirklich geführt hatte.

Ziellos wanderte ich über den groben Asphalt. Ich hatte kein Zuhause, dafür war ich nie lange genug an einem Ort, nur eine Bleibe. Aber auch die behielt ich meist nur kurz. Derzeit wohnte ich in einer kleinen Pension nahe der Themse. In einem schäbigen Zimmer, in dem ein durchgelegenes Bett und ein defekter Fernseher das Inventar bildeten, hatte ich meine bescheidene Habe abgestellt: einen Koffer und meinen alten Seesack, der mich schon um die halbe Welt begleitet hatte. Früher hätte ich die Unterkunft eine billige Absteige genannt, heutzutage war mir das egal. Mit solch belanglosen Wertvorstellungen hielt ich mich nicht mehr auf. Außerdem schätzte ich die dezente Art der Wirtin und der anderen Pensionsgäste. Sie gingen ihren eigenen Angelegenheiten nach und ließen mich in Ruhe, stellten keine lästigen Fragen und verschonten mich mit dem allgegenwärtigen kleinkarierten Small Talk.

Ich lief über einen großzügig angelegten Platz. Verschiedentlich waren Spaziergänger unterwegs, die es alle nicht eilig zu haben schienen. Eine Atmosphäre von träger Gelassenheit lag in der Luft. Nachdem der Herbst in den letzten Tagen schon mit Regen und kühlen Temperaturen Einzug gehalten hatte, lockte das milde Wetter die Leute noch einmal aus ihren Häusern, um die schwächer werdenden Sonnenstrahlen zu genießen.

Ein junges Pärchen kam mir entgegen, Arm in Arm schlenderten die beiden über den Platz. Die Frau hatte einen hellen Strohhut mit einer blauen Schleife auf dem Kopf, der ihr einen mädchenhaften Charme verlieh. Ihr

Freund sagte etwas, das ich nicht verstehen konnte, woraufhin sie ihn liebevoll anlächelte. Sie schien sehr glücklich zu sein. Ein leichter Schmerz durchzuckte mich. Die beiden waren genau wie Dana und ich damals. Das Mädchen hatte sogar eine gewisse Ähnlichkeit mit ihr. Plötzlich erschien mir die Szene wie ein verschwommener Blick durch die Zeit. Auch wir waren einst Arm in Arm über die Straßen und Plätze Londons flaniert, vor so vielen Jahren. Schnell verdrängte ich den Gedanken und die aufkommende Wehmut.

Während ich das Pärchen betrachtete, lief ich an einem Schaufenster vorüber, in dem ein Plakat hing, das für Reisen nach Schottland warb. Es zeigte eine jener alten Tenderlokomotiven, die inmitten einer Landschaft grüner Hügel einige altmodisch wirkende Waggons hinter sich her zog. Im Hintergrund waren wild zerklüftete Felsformationen und Gipfel von schroffer Schönheit zu erkennen. Merkwürdig berührt blieb ich stehen. Das Schaufenster gehörte zu einem Office der British Rail, der britischen Eisenbahngesellschaft. Nach kurzem Zögern öffnete ich die Tür und trat ein. In einer Ecke des Raumes stand eine ältere Dame und blätterte in einem Prospekt, sonst waren keine weiteren Kunden da. Hinter einem Schreibtisch saß ein junges Mädchen, sie lächelte mir freundlich zu. „Ein Ticket nach Inverness, bitte. Einfach!", sagte ich und lächelte zurück.

Ich war wieder unterwegs; etwas trieb mich voran. Ich wußte noch nicht genau was oder zu welchem Zweck, aber ich vernahm den Ruf, wie ich ihn schon oft zuvor vernommen hatte. Und dieses Mal würde er mich nach Schottland führen.

Erinnerungen

If I could save time in a bottle
The first thing that I'd like to do
Is to save ev'ry day 'til eternity passes away
Just to spend them with you

If I could make days last forever
If words could make wishes come true
I'd save ev'ry day like a treasure and then
Again I would spend them with you

< Jim Groce - „Time In A Bottle" >

Robin blickte über das ruhige, azurblaue Meer. Mit
einem leisen Rauschen lief die Brandung am Strand aus.
Die Farben und die Geräusche der Umgebung schienen
von unnatürlicher Intensität. Dennoch übten sie eine
beruhigende Wirkung auf ihn aus. Eine sanfte Brise
wehte ihm leicht durchs Haar und er konnte die behag-
liche Wärme der Sonne auf seiner Haut spüren. „Komm',
fang mich!", hörte er Helèn rufen. Er drehte den Kopf ein
wenig zur Seite und schaute in ihre Richtung. Sie hatte
ein dünnes Kleid an, das wie ein Schleier aus fließender,
weißer Seide ihren Körper bedeckte. Im gleißenden Licht
der Sonne sah sie aus wie ein Engel, sie schien geradewegs zu leuchten. Lächelnd winkte sie ihm. Robin winkte
zurück und machte einige Schritte auf den geliebten
Engel zu. Der feuchte Sand kribbelte angenehm unter
seinen nackten Füßen. Bevor er sie erreichte, fing Helèn
an zu laufen. Dabei lachte sie und rief: „Verdien' dir
deinen Lohn, Seemann!" Leichtfüßig lief sie vor ihm

davon. Lachend verfolgte er sie. Nach einigen Metern bekam er sie zu fassen, bis sie schließlich in seinen Armen gefangen war. „Jetzt hab' ich dich, jetzt freß' ich dich", sagte er mit einem tiefen Knurren in der Stimme. Helèn jauchzte übermütig. Dann wand sie sich in seinem Griff, bis sie ihm direkt ins Gesicht schauen konnte. Mit einem glücklichen Lächeln legte sie ihm die Arme um die Schultern, drückte sich fest an ihn und gab ihm einen Kuß. „Ich laß' dich nie wieder los", sagte er. „Ich liebe dich", flüsterte sie sanft.

Einen Moment lang hörte er ihre Stimme noch, bevor sie in einem fernen Echo verhallte, das aus seinen Träumen in die Realität des Erwachens hinein erklang. „Nein, geh' noch nicht", hörte er sich rufen, als er langsam die Augen öffnete und das Bild in seinem Kopf ihm sanft entglitt.

So sehr Robin sich auch bemühte, er konnte sie nicht halten. Wie ein feiner Morgennebel löste sich die jenseitige Welt vor seinem geistigen Auge auf und Helèn mit ihr, denn das Dasein, das sie jetzt führte, war zu zart für die harte Wirklichkeit der dichten Materie. Die Fähigkeit des Sehens wurde wieder von seinen Augen übernommen und durch einen feuchten Schleier, der seinen Blick trübte, konnte er die vertraute, triste Umgebung seines einsamen Schlafzimmers erkennen. In diesem Augenblick wünschte er sich, er hätte den Traum festhalten und ihn auf ewig weiterträumen können, vereint mit Helèn, bis in alle Zeit. In ihm keimte das Gefühl des Verlustes auf, das zugleich aber überlagert wurde von der irrationalen Hoffnung, daß seine Frau ihn nicht wirklich verlassen hatte, daß sie fortexistierte in einer anderen Realität, einem Ort, zu dem ihm der Zugang verwehrt war - außer in seinen Träumen.

Von irgendwo ertönte Glockengeläut. War heute

Sonntag? Ja, es mußte wohl Sonntag sein. Wochentage, Kalendermonate und Jahreszeiten... Sie hatten in den letzten Jahren für Robin an Bedeutung verloren. Tage kamen und gingen, ohne sich um ihn zu scheren. Stets ließen sie ihn allein mit seinem Schmerz und seiner Trauer. Also scherte er sich auch nicht um sie. Ein kurzer Blick aus dem Fenster zeigte ihm den grauen Himmel und die fast menschenleere Straße. Ein wenig fröstelnd stand er auf und bereitete sich ein einsames Frühstück. Danach machte er es sich, wie immer, an seinem Lieblingsplatz vor dem Kamin bequem. Das Feuer verbreitete eine angenehme, wärmende Atmosphäre und es schien, als würde es die Kälte und die Trostlosigkeit ein wenig zurückdrängen.

Er legte eine der alten Schallplatten auf, die er und Helèn oft gemeinsam gehört hatten und lauschte den vertrauten Klängen. Jeder Song, jede Textzeile erinnerte ihn an sie. In der ersten Zeit nach ihrem Tod war die Erinnerung sehr schmerzhaft gewesen. Doch mit den Jahren hatte er gelernt, nicht nur an das zu denken, was er verloren hatte, sondern auch das zu schätzen, was sie gemeinsam erlebt hatten. Es machte den Verlust nicht leichter, aber es half ihm, nicht daran zu zerbrechen.

So wie diese alten Platten gab es noch hunderte von weiteren Dingen in seiner Wohnung, die etwas in ihm wachriefen: Fragmente eines verflossenen Lebens, Relikte einer vergangenen Zeit. Liebevoll ließ Robin seinen Blick über die Einrichtung und die ihn umgebenden Gegenstände gleiten. Nach Helèns Tod hatte er bewußt all die Sachen hergebracht. Er wollte sie um sich haben, wollte ihnen nahe sein, um seine Erinnerung am Leben zu halten. Für ihn war dieses Zimmer wie eine Melodie und Helèn war darin das immer wiederkehrende Thema. Was auch immer er hier betrachtete, zu allem fiel ihm eine Geschichte oder ein Erlebnis mit ihr ein.

Sein Blick schweifte die neben dem Kamin stehende Nachbildung einer antiken Statue: Armor und Psyche, eng umschlungen. Sie hatten dieses mystische Pärchen an einem verregneten Sonntag auf dem Flohmarkt gekauft. Robin erinnerte sich genau daran, was für eine Schufterei es gewesen war, das schwere Ding nach Hause zu tragen. Psyche hatte er den goldenen Armreif ums Handgelenk gelegt, den er Helèn an dem Tag geschenkt hatte, als er um ihre Hand angehalten hatte. Und noch während er das funkelnde Kleinod betrachtete, ging sein Geist bereits auf Wanderschaft...

Sie waren damals für eine wunderbare Woche durch die Gassen von Paris gestreift, hatten die einzigartige Atmosphäre der Stadt geatmet und jenes Savoir-vivre in sich aufgenommen, das einen zu einer gewissen Leichtigkeit des Seins verführt und alles andere vergessen macht. Unbeschwert hatten sie die Sinnlichkeit der ,Cité d'Armour' genossen.

Noch einmal lief er in Gedanken mit Helèn die hübsche ,Rue St. André des Arts' hinab, auf der sie von einem Straßencafé zum nächsten geschlendert waren, um bei frischen Croissants und Café au lait die Welt unbeschwert an sich vorüberziehen zu lassen. Im Geiste streifte er abermals mit ihr durch das ,Marais', jenen beschaulichen kleinen Bezirk, der im 17. Jahrhundert dem Adel vorbehalten und heutzutage von buntem Treiben und lebhafter Aktivität erfüllt war. Von dort hatten sie die Brücke zur weiter südlich gelegenen ,Ile de la Cité' überquert, die mitten in der Seine liegend, das Wahrzeichen von Paris trägt: ,Notre Dame'. Seiner mentalen Landkarte folgend, stürzte er sich ein weiteres Mal voller Lebenslust in den Trubel aus Nepp und

Nippes rund um ‚Montmartre‘, um schließlich an jenen Ort zu gelangen, an dem er Helèn sein Herz geschenkt hatte: ‚Sacre Coeur‘, deren strahlendes Weiß schon von weitem das Auge des Betrachters blendet.

Auf den Stufen zu jenem geheiligten Herzen hatte er ihr einen Heiratsantrag gemacht. Es war wohl der glücklichste Moment in Robins Leben, als sie ihn daraufhin umarmte und immer wieder küßte, während ihre Augen einen feuchten Schleier bekamen und sie voller Glück seinen Antrag annahm, hoch über den Dächern der Stadt der Liebe. „Ich will. Oh, ich will, mein Schatz, mein Liebling. Ich habe immer gehofft, daß du mich eines Tages fragen würdest. Ich bin froh, daß du es hier getan hast“, vernahm er in seiner Erinnerung ihre Stimme. Und da hatte er gewußt, sie war der Mensch, mit dem er alles teilen wollte, jener eine Mensch, der für ihn geschaffen war. Überschäumend vor Glück war ihm der Traum des kleinen Jungen wieder in den Sinn gekommen, der er einst gewesen war: einmal ein Papierflugzeug vom Eiffelturm fliegen zu lassen. „Komm’!“, hatte er zu ihr gesagt. „Teile einen Traum mit mir.“

Als sie kurz darauf 274 Meter über dem Erdboden standen und sich ihnen ein atemberaubender Blick über Paris darbot, steckte Robin seinen rechten Arm durch die Gitterstäbe der Aussichtsplattform. In der Hand hielt er den Papierflieger aus seinem Kindheitstraum. Doch gerade als er loslassen wollte, hielt Helèn ihn zurück. „Warte! Laß’ uns einen Wunsch darauf schreiben.“ Mit ihrer kleinen schwungvollen Schrift hatte sie daraufhin einige Wörter auf die Unterseiten der Tragflächen geschrieben, gerade so, daß er sie nicht sehen konnte. „Es ist dein Kindheitstraum, der hier erfüllt wird, aber er soll auch meinen Wunsch mit sich nehmen.“ Verliebt lächelte er sie an. Ein zweites Mal steckte Robin den Flieger durch die Gitterstäbe, behutsam, um die wertvolle Fracht nicht zu beschädigen. Und während er mit der Linken Helèns Hand drückte, ließ er mit der Rechten den Traum seiner Jugend auf sanften Winden davon gleiten. Schweigend und glücklich verfolgten beide den anmutigen Jungfernflug, bis nur noch ein winziger Punkt in der Ferne zu erkennen war, der schließlich verschwand.

Vielleicht zog er ja noch immer seine Bahn - hoch über den Dächern der Stadt der Liebe - und trug Helèns Wunsch mit sich, so wie seine Erinnerung. Ja, vielleicht...

Gedankenverloren blickte Robin für einige Minuten aus dem Fenster. Fast erwartete er, daß der kleine Papierflieger vorbeischwebte, doch außer einigen Vögeln war nichts zu sehen.

Dann ließ er seinen Blick weiter über die vielen kleinen Andenken wandern, die er zusammengetragen hatte und die ihm halfen, sich zu erinnern. Schließlich blieb er, wie schon oft zuvor, an dem kleinen Bilderrahmen hängen, der ein Foto aus den Tagen verzierte, da sie gemeinsam mit Helèns bester Freundin Anny um die Häuser gezogen waren. Es zeigte sie in vergnügter Eintracht als das verrückte Trio, das sie einst gewesen waren. Er und Anny hatten Helèn in die Mitte genommen. Während Anny einen Arm um ihre Schulter gelegt hatte, war er eng an sie herangerückt und hatte als Zeichen der guten Laune den nach oben gestreckten Daumen in die Kamera gehalten. Er konnte sich genau an diesen Abend erinnern. Es war ihr dreißigster Geburtstag gewesen. Sie wollte diesen Tag mit dem Mann ihrer Träume, wie sie sich ausdrückte, und ihrer besten Freundin verbringen. So gingen sie gemeinsam essen, in einem jener exklusiven Schiffs-Restaurants, die an den Ufern der Themse vor Anker lagen. Irgendwann im Laufe des Abends kam ein

Fotograf vorbei, der auf Wunsch Erinnerungsfotos von den Gästen machte. Helèn sah so glücklich aus auf dem Bild. Ihre Augen leuchteten geradezu vor Freude.

Doch den unbeschwerten Tagen war eine harte Zeit gefolgt. Beschämt dachte Robin daran zurück, wie er selbst ihrem aufblühenden gemeinsamen Glück beinahe ein Ende gesetzt hatte. Er war ein Heißsporn gewesen, voller wilder Ideen über das Leben und was er damit anfangen wollte. Stets war er auf der Suche nach den großen Herausforderungen, die die Welt ihm bereit halten würde. Er entsann sich der vielen endlosen Diskussionen, die er mit der ebenso begeisterungsfähigen Anny geführt hatte. Sie hatten sich in ihrer Abenteuerlust gegenseitig geradezu hochgeschaukelt und mit immer verwegeneren Ideen den anderen zu übertreffen versucht. Und wäre es nicht um Helèns willen gewesen, so wäre er längst aufgebrochen, die unentdeckten Horizonte zu erobern, die da draußen auf ihn warten mochten. Doch stets war seine Liebe stärker gewesen als sein Drang, in die Ferne zu ziehen - wenn auch nur ein wenig.

Allerdings gab es eine Phase, da der Abenteurer in ihm stärker durchzubrechen drohte als sonst. Er geriet in eine Gewissenskrise und begann ernsthaft, seine Beziehung gegen das Leben als freier Mann aufzuwiegen. Und obwohl er Helèn über alle Maßen liebte, fühlte er sich doch unausgefüllt und gab sich immer mehr der Sehnsucht nach dem Unbekannten hin. Ob nun bewußt oder unbewußt, er begann, sie seine Unzufriedenheit spüren zu lassen. Auf dem Höhepunkt seiner Verdrossenheit machte er ihr indirekt sogar Vorwürfe für eine Situation, für die sie am allerwenigsten konnte und unter der sie letztlich mehr zu leiden hatte als er selbst. Beinahe hätte die gereizte Stimmung zum endgültigen Bruch zwischen ihnen geführt, wenn er nicht gerade noch rechtzeitig zur

Besinnung gekommen wäre.

Nachdem sich die Situation soweit zugespitzt hatte, hielt Robin es für das Beste, eine Auszeit zu nehmen und alles mit kühlem Kopf zu durchdenken. So begann er, seine wilden Ideen gedanklich zu sezieren. Und als er zuletzt sämtliche Errol Flynn-Elemente entfernt und das frivole Heldentum seiner abenteuerlichen Phantasien beiseite gelegt hatte, gestattete er sich einen realistischen Blick auf seine Pläne. Durch die mentale Operation hatten sie einen Großteil ihres Reizes eingebüßt und er begann, sich auch die negativen Seiten eines Lebens als Weltenbummler auszumalen. Wie schön konnten ein einsamer Palmenstrand und eine azurblaue Lagune sein, wenn man sie nur allein genießen konnte? Lag nicht gerade der Reiz darin, dieses Glück mit jemandem teilen zu können? Sicher, er war kontaktfreudig und offen genug, um nicht lang allein bleiben zu müssen. Aber wäre es dasselbe? Glaubte er wirklich, das, was er mit Helèn teilte, gegen etwas eintauschen zu können, was völlig fremde Menschen ihm bieten konnten? Kurze, oberflächliche Bekanntschaften, die er immer wieder erneuern mußte, sobald es ihn an einen anderen Ort zog. Würde ihn das wirklich glücklich machen?

Solcherlei Gedankengänge hatten ihn so manche schlaflose Nacht gekostet. Zu guter Letzt hatte er aber einsehen müssen, daß, egal wie er sich entschied, ein Teil von ihm sich immer nach dem Leben sehnen würde, das er nicht führte. Mit dieser Einsicht entsagte er schließlich dem Ruf der Freiheit und folgte stattdessen dem Ruf seines Herzens. Zwar hatte Robin sich in den folgenden Jahren oft gefragt, wie sein Leben wohl verlaufen wäre, wenn seine Wahl anders ausgesehen hätte. Aber seine Entscheidung hatte er nie bereut.

Ein leichtes Frösteln riß ihn aus seinen Erinnerungen.

Das Kaminfeuer war längst herunter gebrannt und es herrschte eine unangenehme Kälte, die sich mit der einsetzenden Dämmerung vermengte. Einen Moment lang überlegte er, ob er das Feuer wieder in Gang bringen sollte, entschied sich dann aber dagegen. Stattdessen langte er nach der Flasche Scotch Whisky, die stets griffbereit an ihrem Platz vor dem Kamin stand und schenkte sich ein. Nein, bereut hatte er seine Entscheidung wirklich nicht. Schade nur, daß sie ihn in eine Sackgasse geführt hatte.

Tierphantasien

Another year has passed me by
Still I look at myself and cry
What kind of man have I become?
All of these years I've spent in search of myself
And I'm still in the dark
'Cause I can't seem to find the light alone

Sometimes I feel like a man in the wilderness
I'm a lonely soldier off to war
Sent away to die - never quite knowing why
Sometimes it makes no sense at all

< Styx - „Man In The Wilderness" >

So viele Menschen, so viele Leben. Lachend, sich unterhaltend, langsam über den Bahnhof schlendernd oder zur Anschlußverbindung hastend zogen sie vorbei an mir, der ich wartend, an einen Pfeiler gelehnt das lebendige Treiben um mich herum betrachtete. Für einen flüchtigen Augenblick traten diese Leute in mein Leben, wurden Teil meiner Wahrnehmung, Teil meines Denkens.

Jeden Moment sollte der Zug nach Inverness in Londons Victoria Station einfahren, jener Zug, der mit lautem Pfeifen und donnernden Rädern dem von mir vernommenen Ruf hinterherjagen würde. Ich war bereit.

Auch damals war ich bereit gewesen; auch damals war ich in einen Zug gestiegen. Ich erinnerte mich genau an den Tag, an dem ich meinem Leben die entscheidende Wendung gegeben und den Weg eingeschlagen hatte, an dessen Ende ich jetzt stand. Ein Tag des Abschieds und zugleich der Anfang von etwas gänzlich Neuem, dem ich voller Erwartung und voller Hoffnung entgegentrat: der Beginn einer gut zehn Jahre währenden Odyssee.

Gut konnte ich mich des Ausdrucks in Danas Augen entsinnen, als ich über ihre Türschwelle trat, heraus aus unserem gemeinsamen, hinein in mein neues Leben, das ich fortan alleine führen wollte. Ein Blick, so voller Enttäuschung und Traurigkeit, in dem dennoch ein Funke von Verständnis aufblitzte. Oder war es Resignation? Vielleicht beides: Das Verstehen der Unausweichlichkeit meines Weges und das Erkennen, daß sie nichts tun konnte, mich von meinem Entschluß abzubringen. „Du gewinnst, aber trotzdem verlieren wir beide", hatte sie gesagt.

Obwohl sie verstand, was in mir vorging, hatte ich sie dennoch mit meiner Entscheidung sehr verletzt. Sie wußte, daß - selbst wenn sie mich hätte halten können - der zutiefst empfundene Drang in die Ferne zu streben, wenn nicht meinen Körper, so zumindest meinen Geist über kurz oder lang von ihr fortgetrieben hätte. Sie konnte nur verlieren. Ihr blieb lediglich die Wahl, auf welche Weise sie mich hergeben mußte. Und sie entschied sich für die klügere der beiden Möglichkeiten. Also ließ sie mich gehen. Noch immer vernahm ich den schwachen Nachhall ihrer letzten Worte: „Ich wünsche dir, daß du glücklich wirst." Dann schloß sie die Tür. Wir waren zwar als Freunde auseinandergegangen, dennoch war uns beiden klar, daß das, was zwischen uns gewesen war, nun seinen Zauber verloren hatte. Wir würden uns nie wieder als die Menschen gegenüberstehen, die wir noch vor ein paar Stunden gewesen waren.

Ich hatte meinen Koffer genommen, den Seesack geschultert und mich auf den Weg zum Bahnhof gemacht. Mit jedem Meter, den ich mich von ihrem Haus entfernte, ließ ich nicht nur sie zurück, sondern auch einen Teil von mir. Den Teil, dessen Fehlen mir im Laufe der folgenden Jahre schmerzlich bewußt werden sollte. Aber was sonst hätte ich tun können? Wie auch immer ich mich entschieden hätte, es wäre immer die falsche Entscheidung gewesen und gleichzeitig auch die richtige.

Zum letzten Mal für eine lange Zeit überquerte ich an diesem Tag die Straße vor ihrem Haus und lief durch den kleinen Park, in dem wir so oft Händchen haltend gesessen hatten. Ich drehte mich noch einmal um. Himmel und Wolken spiegelten sich in den Fenstern ihres Hauses, als lägen Freiheit und Abenteuer direkt hinter jener Tür, die kurz zuvor mit einem leisen Klicken ins Schloß gefallen war. Für den Bruchteil einer Sekunde glaubte ich, ihr Gesicht hinter einer der Scheiben erkennen zu können. Dann war es verschwunden. Zurück blieb nur gähnende Leere, ein Loch in meiner Seele, ein trostloser Platzhalter dessen, was einst gewesen war. Die Harmonie der Zweisamkeit, das Gefühl, Teil von etwas Größerem zu sein, gehörte von diesem Moment der Vergangenheit an. Ich war allein. So, wie ich es mir in den Jahren davor ersehnt hatte. Endlich hatte ich es erreicht. Indes fand ich mich selbst unfähig, Freude zu empfinden. Ich drehte mich kein zweites Mal um.

Als ich an jenem Abend auf dem Bahnhof stand, hatte ich eine bezeichnende Begegnung.

„Ein richtiges Erkältungswetter", sagte ich zu dem Mann, der hustend neben mir in der zugigen Halle stand. Er war groß, stämmig, hatte ein rauhes Gesicht, in das sich viele Falten gegraben hatten. Neben ihm stand ein Koffer, eine kleine Reisetasche trug er an einem Band über der Schulter.

„Bin schon erkältet", erwiderte er und holte ein

Päckchen Zigaretten aus der Jackentasche.

Ich gab ihm Feuer und zündete mir selbst auch eine an.

„Wo geht's hin?"

„Südafrika", meinte er. Ich hatte wohl etwas erstaunt dreingeschaut, denn er setzte hinzu: „Zuerst muß ich für einen Tag nach Birmingham. Von dort nehme ich das Flugzeug nach Johannesburg. Ich arbeite da für ein halbes Jahr. Anlagenbau für die Petrochemie."

Schon war das Interesse bei dem jungen, abenteuerlustigen Kerl, der ich gewesen war, geweckt. Im Laufe der folgenden Unterhaltung brachte ich in Erfahrung, daß er durch seinen Beruf nahezu die ganze Welt gesehen hatte. Ich war fasziniert. Im Gegenzug erzählte auch ich von meinen Plänen, hinauszuziehen und dem Abenteuer eine Chance zu geben.

Er hörte mir eine Weile zu und sagte dann: „Ich würde am liebsten zu Hause bleiben." Seine Bemerkung hemmte meine Ausführungen etwas. „Wenn man ständig unterwegs ist und so ziemlich alles gesehen hat, sehnt man sich nach einem Ort, den man ‚Zuhause' nennen und an dem man sich niederlassen kann", erklärte er.

Damals konnte ich nicht recht nachvollziehen, was der Mann gesagt hatte, konnte nicht verstehen, warum er ein Leben des ständigen Aufbruchs eintauschen wollte gegen einen ruhigen, geregelten Tagesablauf. Nach all den Jahren aber, die seitdem vergangen waren, Jahre der Unrast und der Unstetigkeit, hatte sich mein Verständnis dafür entwickelt. Ich stand derweil an dem gleichen Punkt, an dem er gestanden haben mußte, fühlte mich ebenso ausgebrannt und sehnte mich nach genau diesem Leben der Geborgenheit an der Seite einer liebenden Frau.

Das Dröhnen des einfahrenden Zuges riß mich aus

meinen Gedanken. Langsam rollte das metallene Unge-
tüm in den Bahnhof ein. Türen öffneten sich, Leute
stiegen aus, andere stiegen ein. So auch ich. Der Zug
hatte etwa zwanzig Minuten Aufenthalt in London. Ich
suchte ein freies Abteil, machte es mir gemütlich und
wartete auf den Klang der Trillerpfeife, der den Beginn
meiner Exkursion signalisieren sollte. Vorsichtig
schlürfte ich den heißen Kaffee, den ich mir kurz zuvor
an einem kleinen Bahnhofscafé geholt hatte und
entfaltete die mitgebrachte Zeitung.

,Meteoriteneinschlag in Australien' lautete die Schlag-
zeile. Offenbar war tags zuvor ein Felsbrocken aus dem
All, der groß genug war, um nicht vollständig in der
Atmosphäre zu verglühen, im Südosten Australiens
niedergegangen. Er war direkt über Sydney hinweggerast
und anschließend in dem etliche Kilometer weiter
westlich gelegenen Busch eingeschlagen. Hunderte von
Leuten hatten das Ereignis beobachtet. Manche hatten es
für einen Flugzeugabsturz gehalten, andere für einen
Raketenangriff. Und mit Sicherheit hatte es auch die
üblichen UFO-Hippies auf den Plan gerufen. Bei dem
Gedanken daran mußte ich schmunzeln. Ich sah sie
förmlich vor mir, wie sie, auf Parkhausdächern stehend,
hektisch ihre „Welcome E.T."- und „Holt mich ab!"-
Plakate schwenkten, während sie mit verklärtem Blick
ihrer Errettung harrten. - Jedenfalls hatte die ganze Sache
für Aufruhr gesorgt.

Ich war gerade in den Artikel vertieft, als plötzlich die
Tür zu meinem Abteil geöffnet wurde. Ein älterer Mann,
etwa Mitte sechzig, steckte den Kopf herein.

„Guten Tag. Sind diese Plätze schon belegt?", wollte er
wissen.

„Nein, bisher ist alles frei. Auch keine Reservierungen,
soweit ich gesehen habe", gab ich zurück.

„Sehr schön", sagte er und setzte sich auf den Platz mir schräg gegenüber. Ich lächelte ihm kurz zu und widmete mich wieder meiner Zeitung. „Ah, Sie lesen gerade den Artikel über den Meteoriteneinschlag", bemerkte er.

Ich blickte auf. „Ja. Schon beängstigend, nicht wahr?"

„Absolut", bestätigte er. „Ein paar Meter weiter gen Osten und die Stadt hätte es ganz schön erwischt. Hätte mir leid getan um das gute alte Sydney."

Ich wurde hellhörig. Nach der Trennung von Dana hatte ich einige Jahre dort gelebt und mein Glück versucht, letztlich hatte mich aber doch wieder die Unrast gepackt und ich war weitergezogen. „Waren Sie schon einmal da?"

„Fast mein gesamtes Leben", sagte er. „Ich bin als junger Bursche in den Nachkriegsjahren ausgewandert, Anfang der Fünfziger. Die Situation in Europa war mir zu angespannt und in Australien wurden gute Arbeiter gesucht."

So begann der alte Mann, mir seine Geschichte zu erzählen. Er berichtete davon, wie er in den ersten Jahren in den Minen gearbeitet und dann im australischen Busch Bäume gefällt hatte. Anschließend hatte er sich mit verschiedensten Gelegenheitsarbeiten über Wasser gehalten, bis er schließlich bei der staatlichen Eisenbahngesellschaft eine Stelle bekommen hatte. Auf diese Weise hatte er den ganzen Kontinent bereist und kennen gelernt. Voller Stolz erzählte er, wie er es im Laufe der Jahre vom einfachen Schaffner bis zum Oberkellner auf einem der bedeutendsten Züge Australiens gebracht hatte, dem ‚Ocean Pacific'.

Ich hörte ihm so gespannt zu, daß ich kaum bemerkte, wie sich der Zug langsam in Bewegung setzte. „Besonders die ersten Jahre waren hart", sagte er. „Aber ich war jung und wollte 'was erleben."

„Das Gefühl kenne ich gut", erwiderte ich. Offenbar war ich mit dem alten Mann, der ähnliche Erfahrungen gemacht hatte wie ich, auf eine verwandte Seele gestoßen. Daher erzählte auch ich ihm die eine oder andere Anekdote aus meinem Repertoire.

„Und glauben Sie, es hat sich gelohnt?" Die Frage kam so unvermittelt und traf mich dermaßen unvorbereitet, daß ich im ersten Moment nicht recht wußte, was er meinte. „Die Entbehrungen", fuhr er fort. „Das, was man zurückgelassen hat. Sie wissen schon. Der wildromantische Teil ist doch nur die halbe Wahrheit." Dabei grinste er mich verschmitzt an. „Jeder, der so ein Leben führt wie wir, gibt dafür ein anderes auf. Und an irgendeinem Punkt der Reise stellt man sich unweigerlich die Frage, was wohl gewesen wäre, wenn man sich anders entschieden hätte. Ist es nicht so?"

Er hatte es ziemlich gut getroffen. Ich erinnerte mich gut daran, wie ich mich seinerzeit von meinem „anderen" Leben verabschiedet hatte. Doch mit dem Abschied kamen auch die Zweifel. Anfangs waren sie nicht mehr als zarte Stimmchen aus dem hintersten Winkel meines Kopfes, überdeckt von bebender Abenteuerlust. Als die erste Euphorie aber vergangen war und sich die Lässigkeit des Weltenbummlers einstellte, da wurden die Stimmen lauter, die Zweifel größer.

Ich mußte ziemlich verdutzt dreingeblickt haben, denn fast schon belustigt fuhr er fort: „Glauben Sie nicht, daß Sie der einzige sind, dem es so ergangen ist. Vor Ihnen haben sich schon viele andere auf die Suche nach dem Silberstreif am Horizont gemacht und es werden auch noch viele nach Ihnen kommen. Aber lassen Sie mich Ihnen eines sagen: Wo auch immer Sie hingehen und was immer Sie tun, das Leben ist im Grunde überall ziemlich ähnlich. Mancherorts gibt es Berge, andernorts rauscht das Meer. Aber überall müssen die Menschen essen und schlafen, sie gehen arbeiten, lieben und streiten, haben Freunde, Kinder und böse Schwiegermütter." Er lächelte mich an und seine wäßrigen, blauen Augen nahmen mich ins Visier. „Das Gras ist immer grüner auf der anderen Seite", sagte er mit Nachdruck. „Doch wenn man auf der anderen Seite steht, merkt man, daß auch dort das Gras eben nur Gras ist und fragt sich, warum es aus der Ferne so verlockend ausgesehen hat. Letztendlich blickt man zurück und plötzlich erscheint einem das, was man hinter sich gelassen hat, schöner und begehrenswerter als je zuvor. Aber dann ist einem vielleicht der Rückweg versperrt. Glauben Sie mir, ich weiß, wovon ich rede. Das Gras ist immer grüner auf der anderen Seite", wiederholte er.

Für den Rest unserer gemeinsamen Fahrt begnügte ich mich damit, den Erzählungen des alten Mannes zu lauschen. Doch ich war nur halb bei der Sache, denn in meinem Hinterkopf rotierte es. Das, was er gesagt hatte, bewegte mich zutiefst. Und im wesentlichen hatte es die Zweifel an meinem damaligen Handeln, die ich selbst schon seit langem hegte, nur noch verstärkt.

Kurz bevor er ausstieg, fragte er mich: „Sie wollen nach Inverness, sagen Sie. Haben Sie schon eine Unterkunft?"

„Nein. Ich wollte sehen, ob ich vielleicht ein kleines Hotel oder eine Pension finde."

Er überlegte kurz. „Meine Schwester lebt in Inverness. Sie hat ein kleines Häuschen, nicht weit vom Bahnhof. Im Sommer macht sie für die Touristen immer ein ‚Bed & Breakfast'-Angebot. Wenn Sie möchten, gebe ich Ihnen die Adresse."

Da ich schon mehrfach Gelegenheit gehabt hatte, solche von Privatleuten angebotenen Unterkünfte als etwas überaus Nettes kennenzulernen, war ich hocherfreut über das unverhoffte Angebot.

„Und wenn Sie schon mal da sind, dann werfen Sie doch einen Blick in ihr Bücherregal. Dort müßte ein in Leder gebundenes Buch ohne Titel zu finden sein, das Tagebuch eines Arztes aus dem letzten Jahrhundert. So wie ich Sie einschätze, dürfte Ihnen das sehr gefallen. Ein wirklich interessantes Werk."

Als er sich verabschiedete, zwinkerte er mir noch einmal zu. „Und lassen Sie bloß die Finger von ihren selbstgebackenen Plätzchen, wenn Sie Ihre Zähne noch eine Weile behalten wollen. Das alte Mädchen hat ein Herz aus Gold, aber backen kann sie nicht." Er lachte lauthals und stieg aus dem Zug. Eine gute Stunde später erreichte auch ich das Ziel meiner Reise: Inverness, das seiner prominenten Lage wegen auch als ‚Tor zu den Highlands‘ bezeichnet wird.

Ich machte mich auf die Suche nach der Adresse, die ich von dem alten Mann bekommen hatte. In einer ruhigen Seitenstraße fand ich schließlich, wonach ich suchte. ‚Bed & Breakfast‘ stand auf dem Schild, das im Vorgarten eines einladend wirkenden Häuschens angebracht war. Ich öffnete das Gartentor und ging zur Tür. Eine Klingel konnte ich nicht entdecken, also klopfte ich. Eine zierliche alte Dame öffnete mir. Sie mußte bereits hoch in den Siebzigern sein, aber ihre wachen, hellen Augen zeugten von einem klaren Verstand.

„Ja, bitte?", fragte sie.

„Ich komme wegen Ihres ‚Bed & Breakfast‘-Angebotes", sagte ich. „Haben Sie noch ein Zimmer frei?"

Ihre Mine nahm einen erfreuten Ausdruck an. „Aber ja doch. Fünfzehn Pfund die Nacht mit einem guten englischen Frühstück und selbstgebackenen Plätzchen zur Teezeit."

Ich lächelte. „Das hört sich gut an. Kann ich es sehen?"

„Natürlich. Kommen Sie doch herein!" Sie trat einen Schritt beiseite, um mich einzulassen.

Das Zimmer war nicht groß, wirkte dafür aber um so anheimelnder. Seine Wände waren in einem zarten Rosa gestrichen, was ihm ein wenig den Charme einer Puppenstube verlieh. Die Decke war weiß, der Boden mit hellbraunen Dielen bedeckt. Ein großes Fenster, das den Blick auf ein weitläufiges Feld freigab, ließ die herbstliche Nachmittagssonne herein, wodurch der Raum hell und freundlich erschien. In der Ecke stand ein altmodischer Sekretär, auf dem eine Vase mit frischen Blumen abgestellt war. Ein ebenso altmodischer Kleiderschrank würde mir Platz für meine Habseligkeiten bieten. Das Beste aber war dieses große, überaus gemütlich aussehende Daunenbett. Hier würde ich gut schlafen.

„Ich nehme es", verkündete ich.

Kurz darauf saß ich mit der alten Dame bei Tee und eben jenen Keksen, vor denen mein Reisebegleiter mich gewarnt hatte. Als ich den ersten Bissen davon nahm, war mir auch klar, weshalb. Ich erzählte ihr von der Begegnung mit ihrem Bruder und daß ich auf seine Empfehlung hin gekommen sei. Daraufhin strahlte meine Gastgeberin über das ganze Gesicht und in den Fältchen um ihre Augen lag etwas Sanftes.

„Dann wird er sicher auch bald nach Inverness kommen. Er ist nämlich erst seit kurzem wieder in Schottland, wissen Sie. Er hat mehr als vierzig Jahre in Australien gelebt. Jetzt arbeitet er als Berater für die Eisenbahngesellschaft", erklärte sie stolz. Mein Respekt vor dem alten Knaben wurde immer größer.

Sie erzählte von den verschiedensten Begebenheiten aus dem Leben ihres jüngeren Bruders, die das Bild, das ich mir von diesem beeindruckenden Mann bereits gemacht hatte, nur noch bestätigten. Nach einer guten Stunde zog ich mich zurück auf mein Zimmer, allerdings nicht ohne von der alten Dame noch einen Teller ihrer selbstgebackenen Kekse in die Hand gedrückt zu bekommen.

„Ich kann solche Naschereien leider nicht mehr essen." Dabei deutete sie auf ihre Zähne. „Aber ich habe immer welche für Gäste im Haus."

Ich konnte nicht umhin mich zu fragen, ob ihr Gebäck schon immer so hart gewesen ist und ihre Zahnprobleme da herrührten oder ob sie nachträglich das Rezept geändert hatte. Mit einem Kompliment an die Köchin nahm ich den Teller entgegen. Vielleicht würde ich ja später ein paar Vögel damit füttern. Bei diesem sadistischen Gedanken konnte ich mir ein Grinsen nicht verkneifen.

Gegen Abend zog ein Gewitter auf. Regenschwere Wolken türmten sich zu bizarren Gebilden am Firmament. Ein dumpfer Donner rollte über das Land. Ich stand am Fenster und beobachtete, wie mehrere grelle Blitze vom Himmel zuckten und die Szenerie für Sekundenbruchteile in ein unwirkliches Licht tauchten. Wie Vorboten des aufkommenden Sturms wiegten sich die Bäume im Wind. Kurz darauf setzte ein mächtiger Platzregen ein, der die Urgewalt der Natur mehr als nur erahnen ließ. Das Feld hinter dem Haus glich eher einer einzigen brodelnden Masse denn einer Fläche aus Erde und Stein. Fasziniert beobachtete ich das Schauspiel. Irgendwann flaute das Unwetter ab und ging schließlich in ein leichtes Nieseln über. Das sanfte Trommeln der Regentropfen machte mich schläfrig und das über alle Maßen gemütliche Bett tat den Rest. Ich schlief ein.

Als ich erwachte, war es bereits dunkel geworden. Ich öffnete das Fenster. Es hatte aufgehört zu regnen und die

Luft war so klar, daß sie mich fast benommen machte. Ich beschloß, noch einen Spaziergang durch das spätabendliche Inverness zu machen. Leise, um nicht die Ruhe meiner Gastgeberin zu stören, öffnete ich die Zimmertür, durchquerte das Wohnzimmer und wollte gerade den Knauf der Haustür ergreifen, als mein Blick ein altes Bücherregal streifte. Der Hinweis des alten Mannes fiel mir wieder ein. Und tatsächlich, da war es: ein kleines, in Leder gebundenes Buch ohne Titel, eingeklemmt zwischen einem Kochbuch und der Bibel. Ich überlegte kurz, ob ich es einfach so mitnehmen durfte. Aber dann gewann doch die Neugier die Oberhand und ich steckte es in die Innentasche meines Parkas.

Einige Sekunden später stand ich in der kühlen, klaren Abendluft. Ich zündete mir eine Zigarette an und lief ziellos über die feuchten Straßen, auf denen sich das Licht der Sterne widerspiegelte. In Momenten wie diesen genoß ich das Alleinsein, genoß die Stille der Umgebung und die innere Ruhe, die sich meiner bemächtigte.

Nach einer Weile des Dahinschlenderns konnte ich in der Ferne ein schwaches Leuchten erkennen. Und weil diese Richtung ebenso gut war wie jede andere, lief ich darauf zu. Kurz darauf stand ich vor einer kleinen Eckkneipe. In einem der Fenster flackerte eine Neon-Bierreklame mit bläulich-blassem Schimmer vor sich hin. Gedämpftes Licht fiel auf den nassen Asphalt. Aus dem Innern tönten leise Jazzklänge und ich konnte das sympathische Geräusch aufeinanderprallender Billardkugeln hören. ‚World's End' verkündete das Holzschild über dem Eingang. Es begann wieder zu nieseln und so beschloß ich einzukehren. Ich öffnete die Tür, schob einen dicken Filzvorhang beiseite und betrat das Lokal.

„Guten Abend, Sir", begrüßte mich der Wirt, ein

gemütlich wirkender, dicker Mann, dessen Glatze von einem grauen Haarkranz verziert wurde.

„Ein ziemlich feuchter Abend", grinste ich zurück.

„Ja, so ein Unwetter hatten wir schon lange nicht mehr."

Ich ging zur Theke und bestellte ein Bier.

„Schon in Arbeit", verkündete der Wirt. Die Bar war gut bestückt. Hier gab es offenbar nichts, was es nicht gab. „Machen Sie Urlaub in Inverness?", erkundigte er sich.

Ich überlegte einen Moment. Urlaub konnte man es eigentlich nicht nennen. Ich folgte einem Gefühl, einer Stimmung, einer Laune. „Ja, ich bin im Urlaub. Ich möchte einen Caravan mieten und für ein paar Tage in die Highlands fahren."

„Aye, die Highlands sind schön um diese Jahreszeit", bestätigte er. „Eine Ecke weiter, in der Scarborough Street, gibt es einen günstigen Autoverleih. Der Laden gehört dem alten Jake Bevins. Und wenn ich Ihnen einen Tip geben darf. Gehen Sie zu ihm. Ein günstigeres Angebot finden Sie in ganz Inverness nicht."

Ich fragte mich, ob der Wirt wohl Provision dafür bekam, daß er unternehmungslustige Touristen an den alten Jake Bevins vermittelte, entschied mich aber doch dafür, ihn in die Kategorie ‚redselig und offenherzig' einzustufen.

„Ihr Bier, Sir. Wohl bekomm's."

„Cheers!", prostete ich ihm zu. Dann setzte ich mich an einen der kleinen Holztische.

Ein lauter Triumpfschrei hallte durch den Raum. Offenbar hatte einer der beiden Pool-Spieler die schwarze Acht versenkt und damit das Spiel für sich entschieden.

„Du schuldest mir eine gute Flasche Scotch", meinte er zu seinem Gegenüber und grinste dabei breit.

„Noch hast du nicht gewonnen, mein Bester", konterte der. „Ein Spiel hab' ich noch." Kurz darauf erklang abermals das vertraute Klacken der Kugeln.

Ich holte das Buch hervor, das ich kurz zuvor dem Bücherregal der alten Dame entliehen hatte. Bei Licht betrachtet sah das Leder alt und abgewetzt aus. An einigen Stellen löste es sich bereits auf und bröselte auseinander. Erwartungsvoll schlug ich die erste Seite auf. Das ganze Buch war handgeschrieben. Die geschwungenen, eng aneinandergesetzten Lettern hatten etwas Archaisches. Gespannt begann ich zu lesen.

Es war die Geschichte eines Arztes namens James Alistair Beckett, der im England des frühen zwanzigsten Jahrhunderts gelebt hatte. Nach dem Tod seiner Frau, die bei der Geburt ihres gemeinsamen Kindes gestorben war, hatte Beckett jeglichen Halt verloren. Er hatte dem bürgerlichen Leben und seinen Tugenden vollständig entsagt und war als gemiedener Außenseiter auf lasterhaften Pfaden durch die Welt gewandelt. Kurz vor seinem Tod hatte er noch einmal Rückschau gehalten und die einzelnen Stationen seines Leidensweges im Tagebuchstil niedergeschrieben, wohl in der Hoffnung der Nachwelt - vielleicht auch nur sich selbst gegenüber - die düstere Dekadenz und die stellenweise Verabscheuungswürdigkeit seines Handelns begreiflich zu machen.

Mit jeder Seite, die ich las, verblaßte die Welt um mich herum mehr und ich versetzte mich immer tiefer in die Person des bedauernswerten Mannes, dessen Bericht mich geradezu in seinen Bann zog. Stundenlang hangelte ich mich von einem Bier zum nächsten, unfähig mich loszureißen von dieser fesselnden Niederschrift.

Der Text begann mit einer Schilderung von Becketts Jugend, führte über die Heirat mit seiner Frau und den glücklichen Jahren, die sie gemeinsam verbracht hatten, bis hin zu ihrem Tod, der den Beginn seines tragischen Leidensweges markierte:

16.Juli 1911, der Tag, an dem meine Frau starb.

Unmittelbar nach ihrem Tode schien es, als sei jedweder Lebensmut aus meinen Adern entwichen. Ich stand vor den Ruinen meiner bisherigen Existenz, vor den geborstenen Mauern meiner Wirklichkeit. Ohne Verdruß hätte ich mich neben ihren erkalteten Körper legen mögen, der kühlen Umklammerung des Todes willig ausgeliefert, zum Sterben bereit. Das wäre nur recht gewesen, denn in gewisser Hinsicht war ich bereits gestorben. Mit jenem Tage war etwas in meinem Innern erloschen und ein Teil von mir lag auf ewig begraben unter feuchter Erde.

Dann jedoch bemerkte ich, wie eine schleichende Veränderung mit mir vonstatten ging. Langsam und kaum merklich verblaßten viele der Werte und Moralvorstellungen, an die ich geglaubt hatte, lösten sich teilweise völlig auf, als hätten sie nie existiert. Stück für Stück ließ ich das Zepter der Tugend, das ich stets aufrecht gehalten hatte, sinken. Ich wußte nicht, ob das gut oder schlecht war. Wer weiß das schon? Es war einfach. Meine Welt hatte sich gewandelt. Und das auf katastrophalste Weise. Also schien es nur konsequent, das auch ich mich änderte - in eben diese Richtung.

Der Zusammenbruch all dessen, was mich einst ausgemacht, mein Dasein als Mensch charakterisiert hatte, war fortan nicht mehr aufzuhalten. Die Lust an der Dekadenz blühte mit übermächtiger Kraft und Stärke in meiner Seele auf, überragte alsbald alle anderen Blüten, die mein Leben hervorgebracht hatte. Aber diese Blüte war anders. Sie war weder zart noch hübsch anzuschauen. Und das Wasser, das sie aus der Erde saugte, reichte ihr schon bald nicht mehr aus. Nein, diese Blüte war gierig. Sie wollte mehr, sie wollte alles... eine alles verschlingende Bestie! Und da wußte ich um die wahre Natur dessen, was von mir Besitz ergriffen hatte.

Nachdem der Mensch, der ich einst gewesen war, am Boden lag, wurde etwas anderes in mir stärker, etwas Animalisches, das bis dato im hintersten und dunkelsten Winkel meiner Selbst geschlummert hatte, stets niedergedrückt von der übermächtigen Präsenz meines nun der Vergangenheit angehörigen Ichs. Endlich war seine Stunde gekommen.

Widerstrebend nahm ich die Veränderungen, die mit mir vorgingen, zur Kenntnis. Anfangs verwirrten sie mich, belasteten mich. Ich erkannte eine Wildheit, die sich allmählich in meinem Innern entwickelte, eine Metamorphose des Geistes. Immer wenn ich in den Spiegel sah, schaute ich in dieses vertraute Gesicht. Aber blickte ich in meine Augen, so konnte ich die Veränderung wahrnehmen. Jener sanfte Ausdruck war aus ihnen gewichen. Dafür war etwas Neues an seine Stelle getreten, ein kaum definierbares Glühen, ein hinterhältiges Funkeln. Sicher kaum erkennbar für den, der mich nicht kannte. Dennoch war es da.

Die Erkenntnis erschütterte mich, doch zugleich erregte sie mich auch. Ich war bereit, das Tier in mir, welches so lange angekettet und unterdrückt sein Dasein gefristet hatte, zu akzeptieren. Ich sprengte seine Ketten, zerschmetterte den Zwinger und entließ es hinaus in die Freiheit. Da wußte ich, das war nicht das Ende. Es war der Anfang eines neuen, ungezügelten Lebens. In diesen Stunden war für mich eine neue Ära angebrochen. Das Zeitalter des Menschen hatte geendet und das Zeitalter des Tieres ging als flammendes Gestirn am Firmament auf.

Im folgenden erging sich der Autor in der Beschreibung dessen, was er ‚Das Zeitalter des Tieres' genannt hatte. Eindrucksvoll schilderte er seinen dekadenten Lebensstil, welcher durchweg geprägt war von stetigem Niedergang und dem Verfall von Geist und Moral. Mit Worten malte er die düsteren Bilder von Orten, die er aufgesucht hatte zum Trinken, zum Spielen und zum Huren. Hinter all seinem illustren Treiben stand dabei immer eine ungebändigte Wildheit und die zügellose Lust am Leben.

Zudem hatte Beckett verschiedene längere Reisen unternommen, die ihn stets an die Grenzen seiner physischen und psychischen Belastbarkeit gebracht hatten. Jeder Landstrich, der seinerzeit noch unerforscht war und jegliches Unterfangen, das abenteuerlich und gefährlich zu werden versprach, hatten ihn geradezu magisch angezogen. In allem, was der Mann nach dem Tod seiner Frau getan hatte, war er ins Extrem gegangen. Es schien geradezu so, als hatte er das Schicksal selbst herausfordern wollen, auf eine wilde, animalische Weise.

Kurz vor seinem Ableben mußte er dabei eine Erfahrung von tiefer emotionaler Erschütterung gemacht haben. Etwas, das so unsagbar, so unbeschreiblich war, daß er nicht wagte, es in Worte zu fassen. Stattdessen erging er sich in vagen Andeutungen und rätselhaften Umschreibungen. Gleichwohl war es offenbar dieses Erlebnis gewesen, welches die Reste seines alten Selbst noch einmal schwach aufflackern ließ, um ihn aus den Niederungen seines degenerierten Lebensstils hervorzuheben. Er schilderte, wie sich ein letzter Rest von Vernunft und Menschlichkeit in ihm aufbäumte und er sich die Absurdität seines Tuns vor Augen führte.

Als ich auf den letzten Seiten anlangte, blickte ich kurz von der mitreißenden Lektüre auf, die mich die Welt um mich herum völlig vergessen gemacht hatte. Die Geräusche des Billardspiels waren derweil verstummt und die Kneipe hatte sich merklich geleert. Mein Bier war schal geworden. Ich bestellte ein frisches und las weiter, gespannt wie der Lebensbericht dieses im Grunde sehr unglücklichen Mannes wohl enden würde:

Dies sind die letzten Tage meines Daseins. Deutlich spüre ich, wie der Odem des Lebens meinem Körper entflieht und wie der Tod mit kühlem Griff langsam mein Herz umklammert. Schleichend kriecht mir eine seelenlose Kälte in die Knochen, macht meine Bewegung starr und mein Denken träge. So sitze ich nun hier, sterbend, schreibe einen Bericht, den wahrscheinlich niemand je lesen wird, und stelle mir abermals die eine, die letzte Frage: „Wozu?" Worin liegt der Sinn des Seins, der Sinn des Lebens und der des Sterbens?

Nach dem Tode meiner Frau suchte ich mit größerer Härte und Verbissenheit danach als jeder andere Mensch auf dieser verkommenen Erde. Immer mehr entfernte ich mich dabei von der Insel der Vernunft, die nicht länger meine Heimstatt war. Und je weiter ich hinausgetragen wurde in die Unendlichkeit, desto heftiger wurde ich erfaßt von den tosenden Wogen des Meeres, das man Leben nennt. Tausendmal bin ich untergegangen im Ozean des Wahnsinns und tausendmal bin ich wieder daraus hervorgetaucht. Doch nur ein einziges Mal habe ich einen Blick auf das getan, was wirklich ist. Dies nun ist die armselige Schilderung dessen, was ich gefunden habe:

Angesichts der Mächtigkeit des Universums und der Vielzahl von Fragen, die sich einem stellen, fühlt man sich als Mensch klein und unwichtig. Schnell kann man den Halt verlieren und läuft Gefahr auf immerdar verloren zu gehen in einem wirbelnden Chaos.

Auf der Suche nach Sinn und Halt wenden sich manche den Religionen zu, verehren hehre Ziele und Ideale und folgen in blindem Gottvertrauen Regeln, die ihre Welt definieren. Andere suchen Antworten in den Naturwissenschaften und finden sie in der Ordnung, die sie in Formeln und Naturgesetze zwängen. Wieder andere mögen es vorziehen, die Augen zu schließen und keinerlei Fragen zu stellen. Stattdessen konzentrieren sie sich auf ihren kleinen, überschaubaren, unwichtigen Mikrokosmos, dessen Grenzen sie kennen und der ihnen Sicherheit bietet. Jegliche Form der Querulanz ist ihnen zuwider.

Wie verabscheuungswürdig sie doch sind, all die Nichtsahnenden in ihrer elenden Kleingeistigkeit, die ihren Blick verschleiert. Wie armselig ist der Maßstab, an dem sie das Universum messen, um ihre Realität mit belanglosen Randbedingungen zu versehen. Ich hingegen, der ich nach jenem einen verdammenswerten Ereignis, das mir meine Frau entrissen hatte, an nichts mehr glaubte und nichts mehr zu verlieren hatte, war befreit von solcherlei Beschränkungen. Es gab nichts, was mir auch nur den leisesten Halt hätte bieten können. Als das Tier, das keine Grenzen kannte, hatte ich fortan viele Wege beschritten. Ich wandelte auf den Pfaden der hemmungslosen Lust und des unausweichlichen Verderbens, überschritt sorglos alle je von Menschen gemachten Grenzen und drang vermessen in Bereiche vor, die jenseits von Religion, Naturwissenschaft und Dummheit lagen.

In Momenten völliger Ekstase erhaschte ich mit den Augen des Tieres einen kurzen Blick hinter die Kulissen des Seins, kaum mehr als die Ahnung einer leuchtenden Wahrheit hinter dem vordergründig Sichtbaren. So mußte ich erst die Agonie von Jahrzehnten über mich ergehen lassen, bevor sich mir das eine Geschehnis offenbarte, welches alles zuvor Gesehene zu trivialer Bedeutungslosigkeit degradierte. Diese Augenblicke des Losgelöstseins waren es, in denen mir klar wurde, daß das Leben, welches ich führte, nur eines unter vielen war, das es nur ein Bruchstück dessen war, was mich als Ganzes ausmachte.

So mochten sie doch an einen Gott glauben oder an die Naturwissenschaften. Oder mochten sie auch einfach die Augen verschließen, all die Narren. Sie würden nie die Unglaublichkeit dessen erfassen, was ich geschaut habe.

Wäre ich Wissenschaftler, so wäre es mir das Höchste, eine Theorie zu finden, welche die Welt in ihrer Gesamtheit beschreibt, eine Formel, deren Schönheit das Universum in jedem noch so kleinen Partikel seiner Existenz erfaßt. Wäre ich Anhänger einer Religion, so fände ich diese Schönheit in einer höheren, alles bestimmenden Wesenheit. Und folgte ich einer esoterischen Lehre, so erführe ich sie in einer alles umgebenden, alles durchdringenden Weltenseele. Aber sind nicht all solche Beschreibungen lediglich verschiedene Aspekte ein und derselben Sache? Sind sie alle nicht bloß Wünsche, geboren aus der beschränkten Perspektive ihrer Betrachter, Interpretationen einer begrenzten Sichtweise? Konstruierte Wahrheiten!

Letztendlich geht es doch immer um die Frage nach dem Sinn allen Seins. Doch die Antwort darauf ist viel mächtiger, viel umfassender als alle Erklärungsversuche, die Menschen je zu geben vermögen. Die Gedanken, die sie gebären, sind so verloren wie eine blasse Farbe vor nachtschwarzem Hintergrund.

Fragte ich den einen nach dem Sinn des Lebens, so mochte er mir antworten, er sei „blau". Der nächste mochte mir „rot" zur Antwort geben und ein Dritter *würde sich für „grün" entscheiden. Ich aber hatte für einen kurzen Moment, der dennoch Äonen zu überdauern schien, sämtliche Farben des Spektrums in mich aufgenommen, die hellen wie die dunklen. In einem Bruchteil der Unendlichkeit war ich erfüllt von dem Wissen, daß die einzige, die letzte Antwort, die alle Wahrheiten harmonisch zusammenfügt, sich nur in der einen leuchtenden Wahrheit des Regenbogens offenbart, in einem Geflecht aus Licht, alle Farben miteinander verschmelzend.*

Mit diesem Wissen und einer Ahnung um den Sinn des Seins lege ich mich nun zur Ruh. Das Tier ist alt geworden, seine Krallen stumpf und sein Heulen, das einem einst das Blut in den Adern gefrieren ließ, ist nicht mehr als ein klägliches Wimmern in der Nacht. Seine Aufgabe ist erfüllt; es hat mir einen kurzen Blick auf die letzte aller Wahrheiten eröffnet. Nun kann es sich zum Sterben darniederlegen. Ich hingegen werde wiedergeboren werden, um für eine kurze Zeit noch einmal der Mensch zu sein, der ich vor Jahren einst gewesen war...

Mit einem leichten Schauer, der mich für einige Sekunden in den Zustand angenehmer Erregung versetzte, schloß ich das Buch. Auf eine schwer zu definierende Weise hatte mich der Bericht dieses offenbar am Rande des Irrsinns stehenden Mannes zutiefst ergriffen und mit gemischten Gefühlen zurückgelassen.

So sehr mich die Widerwärtigkeit seines Handelns auch abstieß, so empfand ich dennoch fast Mitleid mit ihm. Ich fragte mich, ob der Wahnsinn letztlich vollständig von ihm Besitz ergriffen hatte, als er seine Visionen in geheimnisvollen Andeutungen und rätselhaften Formulierungen auf den letzten Seiten seines Tagebuches zu

Papier gebracht hatte. Doch wollte mir das nicht recht plausibel erscheinen. Im Gegenteil! Vielmehr hatte es den Anschein, als wären seine letzten Schilderungen in einem Zustand geistiger Zurechnungsfähigkeit geschrieben worden, den Beckett nach dem Tod seiner Frau nur selten erreicht hatte. Daher war es eher wahrscheinlich, daß er durch dieses nie konkret beschriebene Schlüsselerlebnis in gewisser Hinsicht sogar geheilt worden war. Unweigerlich fragte ich mich, was das wohl für ein Erlebnis gewesen sein mochte, das einen so zügellosen Menschen auf so maßgebliche Weise verändert haben könnte.

Ich nahm einen großen Schluck von dem Bier, das bereits seit geraumer Zeit unangetastet vor mir stand und ging die verschiedenen Stadien seines Lebens in Gedanken noch einmal durch. Die Person des James A. Beckett faszinierte mich mehr als ich zugeben wollte. Dabei waren es nicht nur die unheimlichen Implikationen, welche mir einen Schauer über den Rücken jagten. Es war zugleich auch die Tatsache, daß ich mich in den geschilderten Vorkommnissen und Erfahrungen in weiten Teilen auf beklemmende Weise wiedererkannte. Zwar hatte das Dasein, das ich bislang geführt hatte, weder die darin beschriebene Intensität an Morallosigkeit noch an Morbidität, trotzdem waren gewisse Parallelen nicht zu verleugnen. Hatte nicht auch ich mich von einem wilden, ungebundenen Lebensstil verführen lassen? Steuerte ich möglicherweise einem ähnlich tristen Ende entgegen? Ein weiteres Mal hielt ich Rückschau auf die Anfänge meiner Laufbahn als ruheloser Wanderer.

Die Monate nach der Trennung von Dana waren von tiefer Ambivalenz gekennzeichnet gewesen. Einerseits war ich gepackt von dem berauschenden Gefühl einer lang vermißten, endlich wiedergewonnen Freiheit. Alle

Fesseln der Beziehung waren abgestreift, alle zu Einschränkung und Inkonsequenz führenden Kompromisse waren von mir abgefallen. Ich war wieder ich selbst. Wo ich mich bis dato immer nur als Teil von etwas Größerem definiert hatte, als Teil einer Beziehung, die ich nun hinter mir ließ, war ich fortan mein eigener Herr. Keine selbstauferlegten Beschränkungen mehr, keine Verantwortung, keine Rücksichtnahme. Vieles, was mir zuvor als undurchführbar erschienen war, zeigte sich nun zum Greifen nahe.

Auf der anderen Seite aber gab es auch jene Tage, die weniger von solch euphorischen Einlagen geprägt waren. Die Tage der Depression, Tage des Zweifels. Tat ich wirklich das Richtige? Hatte ich mir wirklich die so lang ersehnte Freiheit genommen oder hatte ich mich in hohem Bogen aus dem Paradies katapultiert? Schließlich war ich nicht unglücklich gewesen mit Dana. War das Gras tatsächlich grüner auf der anderen Seite oder würde es sich womöglich als vertrocknete Steppe entpuppen? Doch woher sollte ich das wissen, wenn ich es nicht ausprobierte.

Je mehr ich über die Entwicklung meines Lebensweges nachdachte und ihn mit dem des James Beckett verglich, desto mehr drängte sich mir der Eindruck auf, daß sich unser beider Handeln nicht in der Natur, sondern lediglich in seiner Ausprägung unterschied. Meine Frau war nicht gestorben, ich hatte sie aus freien Stücken verlassen. Im Gegensatz zu ihm hätte ich mich auch anders entscheiden können. Bis zuletzt hatte ich die Wahl gehabt, die ihm verwehrt gewesen war. Und ohne Zweifel war es dieser schwere Schicksalsschlag gewesen, der Beckett letztlich zu der extremen Form eines Lebens ohne Verpflichtung und Verantwortung getrieben hatte. So gesehen war es nur verständlich, daß sich das, was sich bei mir als innerer Drang zur Veränderung manifestierte, bei ihm die extremistischen Züge eines Kreuzzuges angenommen hatte, getrieben von Verbissenheit und Verbitterung. Jedoch... Hätte Beckett jenen Weg überhaupt eingeschlagen, wenn seine Frau nicht gestorben wäre?

Abermals mußte ich an Dana denken, als einer dieser kleinen Teufel in meinem Kopf ohne Vorwarnung den ganz großen Schalter umlegte. „Großer Fehler!" stand in kräftigen Lettern auf dem riesigen, knallroten Neonschild, das immer und immer wieder vor meinem geistigen Auge aufflackerte. Ein wenig schwermütig leerte ich mein Glas.

Als ich bald darauf wieder auf der Straße stand, konnte ich nicht umhin, den wunderbar klaren Sternenhimmel zu bewundern, der sich über mir erstreckte. Deutlich konnte ich das leuchtende Band der Milchstraße erkennen und das Funkeln von abermillionen weit entfernter Welten. Ein Satz aus Becketts Tagebuch kam mir in den Sinn: *Angesichts der Mächtigkeit des Universums und der Vielzahl von Fragen, die sich einem stellen, fühlt man sich als Mensch klein und unwichtig; schnell kann man den Halt verlieren und läuft Gefahr auf immerdar verloren zu gehen in einem wirbelnden Chaos.*

Beckett mußte wahrlich oft in den nächtlichen Sternenhimmel geschaut haben.

Weltenfenster

This is Major Tom to ground control
I'm stepping through the door
And I'm floating in the most peculiar way
And the stars look very different today

For here am I sitting in a tin can
Far above the world
Planet Earth is blue
And there's nothing I can do

< David Bowie - „Space Oddity" >

Der Tag war kalt und grau. Wie ein fahles Leichentuch hing der konturlose Himmel über der ungeliebten Erde. Die Bäume begannen derweil ihre Blätter zu verlieren und boten einen trostlosen Anblick. Schon seit dem Morgen regnete es und eine Besserung des Wetters war nicht in Sicht.

Robin stand am Grab seiner Frau. Die Räder seines Rollstuhls waren tief in den weichen Friedhofsboden eingesunken und er würde Schwierigkeiten haben wieder herauszukommen. Aber das war ihm egal. Er spürte weder Feuchtigkeit noch Kälte. Ausdruckslos starrten seine Augen ins Leere. Und auch in seinem Innern war es leer. Denn sein Geist, der nicht an den Rollstuhl gefesselt und nicht den Begrenzungen von Raum und Zeit unterworfen war, hatte sich dazu entschlossen, diesem vom Krebsgeschwür des Kummers zerfressenen Leib zu entfliehen und ihn im strömenden Regen zurückzulassen. Wie schon oft zuvor weilte er an einem Ort, der verschüttet von Jahren und Jahren irgendwo in der Vergangenheit lag.

Nachdem wohl Minuten verstrichen waren, die ebenso Ewigkeiten hätten sein können, kehrte das Leben in den in sich zusammengesunkenen Körper zurück. Just in dem Moment bemerkte Robin eine Vase mit frischen Blumen neben dem Grabstein. Jemand schien sie erst vor kurzem dort hingestellt zu haben. Verwundert fragte er sich, wer das wohl gewesen sein mochte. Wen außer ihm gab es denn noch, der Helèns Grab aufsuchen würde, um ihrer zu gedenken? Wer hatte sie so gut gekannt, um zu wissen, daß sie unter allen Blumen weiße Lilien am liebsten gemocht hatte? Doch so sehr er auch darüber nachdachte, es kam ihm niemand in den Sinn. Leicht befremdet nahm er Abschied und machte sich auf den Nachhauseweg.

Bevor er in seine Wohnung ging, kehrte er, wie es seine Gewohnheit war, in dem kleinen Café an der Ecke zu seiner Straße ein. Es war nichts Besonderes, eines unter vielen, aber er mochte es hier, mochte die angenehme Atmosphäre, die es verströmte. Wie immer, setzte er sich an den zweiten Tisch links von der Wand und betrachtete als erstes das Fotoposter, das dort hing und das jedesmal seine Aufmerksamkeit auf sich zog: eine nackte Frau, die mit dem Rücken zum Betrachter vor einem Spiegel stand. Das Spiegelbild der Frau blickte ihm entgegen. Schüchtern hielt sie sich die Arme vor die Brüste. Ihr scheuer Blick traf den seinen.

Vielleicht war es dieses Bild, das ihn immer wieder hierher zog. Vielleicht waren es aber auch die großen Spiegel, die in der gesamten Länge des Raumes in Kopfhöhe angebracht waren; sie verliehen dem schmalen Raum die Illusion von Weite. Oder möglicherweise war es die großzügige Fensterfront zur Straße hin, die die

Wand vom Boden bis fast zur Decke transparent machte und einem damit den Eindruck von Offenheit und Freiheit vermittelte. Unmittelbar vor den Fenstern standen vier weitere Tische. Bei genauerer Betrachtung schien das Innere des Cafés irgendwie symmetrisch, wenn man von der kleinen Theke direkt gegenüber dem Eingang absah. Womöglich war es auch diese Symmetrie, die ihn anzog oder einfach alles zusammen. Jedenfalls gefiel es Robin hier. Und wann immer er sich auf seinem Stammplatz niederließ, überkam ihn eine fast schon an Geborgenheit grenzende Ruhe. Als er darüber nachdachte, kam er zu dem Schluß, daß es wohl daran liegen mochte, daß er immer wieder zurückkam. Er genoß das Gefühl von Leichtigkeit, das an diesem Ort besonders ausgeprägt schien. Außerdem schmeckte der Café au lait besser als anderswo. Und vielleicht war auch das der Grund...

Robin war der einzige Gast. Für einige Minuten verfolgte er das Geschehen auf der Straße. Von seinem Platz aus konnte er die Welt da draußen aus einer ganz eigenen Perspektive betrachten, geradezu losgelöst, als gehörte er nicht länger dazu. Wie ein überdimensionales Kaleidoskop erschien ihm plötzlich die breite Fensterfront. Man konnte hineinschauen, um sich an den bunten Formen und dem Spiel des Lichts zu erfreuen. Aber man blickte nur auf eine Illusion. Mit einem Mal beschränkte sich seine Wirklichkeit auf das kleine Café und den Tisch, an dem er saß. Es wurde zu seiner Rettungskapsel in einem fremden Universum, einem Universum, das ihn nicht liebte. Seit jenem unglückseligen Tag, an dem sich sein Leben auf so schicksalhafte Weise veränderte, hatte er ohnehin das Gefühl, seinen Platz in der Welt verloren zu haben.

Als er wieder zu Hause war und es sich gerade vor dem Kamin gemütlich machen wollte, bemerkte er das Blinken des Lämpchens an seinem Anrufbeantworter. Offenbar hatte jemand eine Nachricht hinterlassen; er spulte das Band zurück. Es kam heutzutage nicht oft vor, daß jemand ihn sprechen wollte. Einige Sekunden später erklang eine sanfte Frauenstimme aus dem kleinen Lautsprecher. Verdutzt hielt Robin inne. Er kannte diese Stimme. Aber es war lange her, daß er sie gehört hatte.

Der Anruf war von Anny; sie war Helèns beste Freundin gewesen. Oft waren sie damals zu dritt oder mit Freunden um die Häuser gezogen, waren zusammen ins Theater und ins Kino gegangen oder einfach auf einen gemütlichen Abend in den Pub. Sie war es auch gewesen, die sich um das Begräbnis gekümmert hatte, als er selbst im Koma lag, unfähig auch nur ein Augenlid zu heben. Kurz darauf hatte sie England verlassen, ohne eine Adresse oder eine Telefonnummer zu hinterlegen. Soweit er wußte, war sie in die USA gegangen. Seitdem hatte er nichts mehr von ihr gehört. Nicht einmal die Möglichkeit, ihr zu danken, hatte er gehabt. Umso erstaunter war er, daß Anny sich jetzt meldete. Sicher waren auch die Blumen auf Helèns Grab von ihr.

Der Nachricht auf seinem Anrufbeantworter entnahm er, daß sie für ein paar Tage in der Stadt war und ihn treffen wollte. Auf dem Band hatte sie ihre Telefonnummer hinterlassen. Robin zögerte. Er war sich nicht sicher, ob er die Geister der Vergangenheit wieder zum Leben erwecken sollte. Aber tat er das nicht ständig? Im Grunde genommen lebte er doch in der Vergangenheit.

Nach einigen Minuten griff er schließlich zum Telefon. „King's Crown Hotel. Einen schönen guten Abend. Was kann ich für Sie tun?", meldete sich eine männliche Stimme am anderen Ende der Leitung. Robin kannte das

‚King's Crown'. Es war eines der besten Hotels der Stadt und dementsprechend teuer. Anny mußte es ja wirklich zu etwas gebracht haben.

„Ich möchte gern Miss Anny Winters sprechen", sagte er.

„Einen Moment, bitte. Ich verbinde."

Ein kurzes Knacken, dann das Freizeichen. Es klingelte einmal, zweimal, dreimal, dann nahm jemand den Hörer ab. „Ja, hallo?" Sie war es! Der Klang ihrer Stimme lähmte ihn geradezu. Nach all der Zeit... Was sollte er sagen? Erinnerungen an vergangene Tage erschienen vor seinem geistigen Auge. „Wer ist denn da?"

Für den Bruchteil einer Sekunde spielte er mit dem Gedanken einfach aufzulegen, überlegte es sich dann aber doch anders. Mit leicht belegter Stimme hörte er sich selbst sprechen: „Guten Abend, Anny. Ich bin es, Robin. Ich habe deine Nachricht bekommen."

„Oh, hallo Robin!" Ihre Stimme nahm einen erfreuten Ton an. „Schön, daß du dich meldest. Es ist schon so lange her. Wie geht es dir?"

„Es geht mir ganz gut, danke", erwiderte er mechanisch. Er war nicht in der Stimmung, sein Seelenleben am Telefon offenzulegen; schnell suchte er nach einer Überleitung. „Aber bei dir scheint sich in den letzten Jahren ja einiges getan zu haben."

„Na ja, ich hatte wohl ein wenig Glück", gab sie bescheiden zurück.

Es stellte sich heraus, daß Anny aus ihrer Leidenschaft, der Malerei, einen Beruf gemacht hatte. Sie war in die Staaten übergesiedelt und hatte dort eine gewisse Berühmtheit erlangt. Ihre Arbeiten schienen in den Kreisen der gesellschaftlichen Elite recht gefragt zu sein. Morgen sollte sie im ‚London Museum of Arts' eine Ausstellung ihrer Bilder eröffnen. Sie lud ihn dazu ein.

„Es würde mich wirklich freuen, wenn du kommen könntest", sagte sie, bevor sie den Hörer auflegte.

Nach dem Gespräch sinnierte Robin noch eine Weile vor sich hin. Lang vergessene Bilder tauchten in seiner Erinnerung auf. Anny Winters... Er faßte den Beschluß, die Ausstellung zu besuchen.

Am folgenden Abend fand er sich pünktlich zu der angekündigten Vernissage ein. Kaum, daß er eingetroffen war, wurde er auch schon von Anny empfangen. Sie war in ein ärmelloses Abendkleid gehüllt. Ihr helles, braunes Haar hatte sie mit einer Spange hochgesteckt und ihre katzenhaft grünen Augen funkelten geradezu. Sie sah wirklich bezaubernd aus. Zur Begrüßung umarmte sie ihn herzlich. Es war lange her, daß Robin eine Frau im Arm gehalten hatte.

„Es ist schön, dich zu sehen", sagte sie. „Nach all den Jahren." Es war ehrliche Freude, die da in ihren Augen lag.

„Ich freue mich auch", gab er zurück und war bemüht, sich das Unbehagen, das ihm die direkte Konfrontation mit seiner Vergangenheit bereitete, nicht anmerken zu lassen. Auch entging ihm nicht der verstohlene Blick, den Anny seinem Rollstuhl zuwarf.

Nachdem sie ihn kurz in den Ausstellungsräumen herumgeführt und vereinzelt einige erklärende Worte verloren hatte, wurde sie von ihren gesellschaftlichen Pflichten eingeholt. Eine dicke, ältere Frau, behängt mit unzähligen Ringen und Ketten, in gelber Abendgarderobe kam geradewegs auf sie zu. Im Gefolge hatte sie eine nicht ganz so dicke, aber ebenfalls sehr auffällig gekleidete Dame.

„Anny, Schätzchen!", flötete sie mit unerträglich hoher Stimme. „Zeigen Sie doch bitte meiner guten Freundin

Selma hier Ihre neueste Kreation. Ich bin jedesmal entzückt, wenn ich davorstehe und ich habe ihr schon soviel darüber erzählt. Aber natürlich ist es etwas vollkommen anderes, wenn die Künstlerin höchstselbst eine Erklärung ihres Werkes abgibt."

Anny setzte ein Lächeln auf, von dem Robin sofort erkannte, das es nicht echt war. „Lady Chatwick! Schön, Sie zu sehen. Es wird mir eine Ehre sein, Sie ein wenig herumzuführen. Darf ich Ihnen zuvor einen alten Freund von mir vorstellen", dabei deutete sie auf Robin.

„Aber gerne! Sie wissen doch, Schätzchen, ich liebe es, Ihre Freunde kennenzulernen. Das sind immer so interessante Persönlichkeiten." Sie beugte sich ein wenig zu ihm hinab. „Sind Sie denn auch Maler?", fragte sie in einem übertrieben weichen, fast schon flüsternden Ton, gerade so, als hätte sie Sorge, ihn aus dem Rollstuhl zu werfen, wenn sie zu laut spräche.

Robin, der den Umgang mit Leuten in den vergangenen Jahren gemieden hatte, begann sich unter der ihm plötzlich zuteil gewordenen Aufmerksamkeit unwohl zu fühlen. Außerdem haßte er es, wenn jemand mit solch einem mitleidigen Blick auf ihn herunterschaute. Er wollte aber auch nicht unhöflich wirken und womöglich Anny in Verlegenheit bringen. „Ich bin nur ein Bewunderer der Malerei. Es ist mir leider nicht vergönnt, selbst solche Kunstwerke zu schaffen." Und bevor die Dicke ihn in ein weiteres Gespräch verwickeln konnte, das eventuell noch peinliche Züge angenommen hätte, entzog er sich der Situation. „Ich werde mich jetzt auch mal ein bißchen umschauen. Bisher habe ich kaum etwas gesehen von dieser wunderbaren Ausstellung. Und Sie wissen ja, wie das ist. Solch ein Abend reicht nie aus, um wirklich alles sehen zu können."

„Oh, da haben Sie ja so recht", sagte die Dicke, die

wieder in ihren lauten, schrillen Tonfall verfallen war. „Kommen Sie, Schätzchen, jetzt müssen Sie uns aber Ihr neuestes Werk präsentieren. Ich bin ja schon so gespannt."

Als die Dicke und ihre Freundin sich zum Gehen wandten, beugte Anny sich kurz zu ihm hinunter. „Ich komme bald zurück", flüsterte sie ihm ins Ohr, bevor sie mit der kanariengelben Furie und ihrer Freundin in der Menge verschwand.

Robin vermutete, daß er Anny in nächster Zeit nicht wiedersehen würde und beschloß, sich selbst etwas umzusehen und sich einen Eindruck von ihrer Kunst zu verschaffen. Ihre Malerei schien ihm vordergründig von impressionistischer Natur, ähnlich dem Stil eines Monets, hatte dabei aber eine ganz eigene Note. Er mochte die Art, wie sie malte, mochte das Spiel aus Licht und Schatten, dessen sie sich bediente. Auf wundersame Weise hatte sie es geschafft, verschiedene Wahrnehmungsebenen zu erzeugen, die zwar alle dicht beisammen lagen aber dennoch einander nicht berührten. Stets waren sie getrennt durch die Macht der Farben. Das Betrachten ihrer Bilder war wie das mehrfache Lesen eines gutes Buches. Beim zweiten Mal entdeckte man Zusammenhänge, die einem zuvor entgangen waren und plötzlich bekam die Handlung eine ganz neue Interpretation. Und so wie man zwischen den Zeilen lesen mußte, um die Geschichte hinter der eigentlichen Erzählung zu erkennen, so mußte man bei Annys Malereien mehrmals hinschauen, um das Bild hinter dem Bild wahrzunehmen.

Je nachdem, aus welcher Entfernung und aus welchem Winkel Robin sie betrachtete, wandelten sie ihre Erscheinung. Stand er ganz dicht vor einem Bild, tanzten Formen und Farben wild durcheinander. Entfernte er sich ein wenig, erhielt das bunte Chaos Struktur, fast erkannte er ein schemenhaftes Ganzes, das sich aber der genauen Betrachtung immer wieder entzog. Ging er etwas weiter zurück, so lichtete sich der Nebel und er gewann einen Blick für Perspektive. Wie von Geisterhand bewegt, rückten Umrisse und Konturen unvermittelt an die scheinbar richtige Stelle. Von dort waren es dann nur noch wenige Millimeter, bis schließlich ein ganz besonderer Punkt erreicht war - Robin nannte diese spezielle Entfernung bei sich seinen ‚persönlichen Brennpunkt' - an dem ihn die Intensität des Bildes vollständig gefangen nahm. Auf unerklärliche Weise schien es plötzlich lebendig zu werden. War er eben noch unbeteiligter Beobachter, so fand er sich im nächsten Moment im Innern der Szenerie wieder, wurde Teil davon. Er spürte geradezu die vielen sanften, fast fließenden Bewegungen, die Anny in ihren Bildern eingefangen hatte: Umspielt vom Wind, der leicht durch die am Rande eines Feldwegs stehenden Bäume rauschte, schaute er auf ein seichtes, von Büschen und Sträuchern umgebenes Gewässer, das die herabgefallenen Herbstblätter zärtlich auf seiner Oberfläche wiegte. Oder er konnte den feinen, aufge-wirbelten Staub erkennen, der auf die Landstraße zurücksank, während am Horizont die Sonne in einem Meer aus Flammen unterging. Jedes einzelne ihrer Bilder hatte einen Hauch von Ewigkeit, gerade so, als hätte eine göttliche Macht den unaufhaltsamen Strom der Zeit zum Stillstand gebracht.

Er mochte eine gute Stunde in den Ausstellungsräumen unterwegs gewesen sein, als Anny unbemerkt hinter ihn getreten war.

„Nun, was hältst du von alldem? Gefällt dir, was du siehst?"

Da Robin kein wirklicher Kenner der schönen Künste war und daher kaum mit künstlerischen Aspekten oder hochstehenden Vergleichen glänzen konnte, antwortete er mit ehrlicher Intuition. „Ich mag deine Bilder sehr. Mir gefällt die Art, mit der du die Flüchtigkeit des Augenblicks festhältst. Weißt du, ich habe leider nie ein besonders großes Verständnis für die Malerei entwickelt und interpretiere sie für mich immer auf einer ziemlich simplen Ebene. Ich betrachte Bilder als Fenster in eine andere Welt. Je nachdem, wie gut der Maler es verstanden hat, seine persönliche Wirklichkeit mit Farbe und Pinsel auf der Leinwand zu bannen, gelingt es mir, mich in diese andere Welt hineinzuversetzen. Bei deinen Bildern...", und dabei nickte er ihr anerkennend zu, „...finde ich kaum zurück in die Realität."

Mit einem undefinierbaren Funkeln in den Augen schaute sie ihn an. Hatte er etwas Verkehrtes gesagt? War sie von seiner dilettantischen Herangehensweise an die hohe Kunst der Malerei enttäuscht? Leicht verunsichert wollte er seinen Ausführungen einige klärende Worte hinzufügen, doch sie kam ihm zuvor. „So charmant hat das noch nie jemand ausgedrückt. Danke."

Je weiter der Abend voranschritt, desto mehr von Annys Gästen verabschiedeten sich. Robin sah sie fortwährend Hände schütteln und Leute umarmen. Als die exaltierte Dicke in dem gelben Designerfummel als letzte dem Ausgang zustrebte, rief sie Anny noch zu: „Es war wie immer wunderbar, Schätzchen. Und schicken Sie die Rechnung an meinen Agenten."

Endlich waren sie allein. „Puh, das wäre geschafft", sagte sie, lehnte sich an eine Säule und zündete sich eine Zigarette an.

„Ein hartes Stück Arbeit, was?", bemerkte Robin verständnisvoll.

„Allerdings", bestätigte sie. „Du glaubst ja gar nicht, was ich mir an solch einem Abend alles über meine

Bilder anhören muß. Unglaubliches Geschwätz. Und die meisten finden sich dabei auch noch ganz toll."

„Tja, die Welt ist eben voller Kunstkenner", meinte er ironisch. Anny mußte grinsen. „Die dicke Gelbe?", fragte er.

„Eine meiner besten Kundinnen", erwiderte sie. Das genügte als Erklärung. Jetzt konnte auch er sich ein Schmunzeln nicht verkneifen.

Die folgende Stunde plätscherte geradezu dahin. Nachdem der Streß der Ausstellung von Anny abgefallen war und sie sich ganz ihrem alten Freund widmen konnte, ergab schnell ein Wort das andere und es entwickelte sich ein Gespräch, das die Erinnerung an eine wunderschöne, gemeinsame Zeit wieder aufleben ließ. In ihrer Gesellschaft fühlte Robin sich um Jahre zurückversetzt und in seinem Geist wurden Bilder lebendig, die er lang verschüttet glaubte.

So war es weit nach Mitternacht, als er sich auf den Weg nach Hause machte. Anny umarmte ihn zum Abschied. „Ich würde gern morgen noch den Tag mit dir verbringen", sagte sie. „In aller Ruhe. Nur du und ich." Anders als bei ihrer gestrigen Einladung zögerte er diesmal nicht. Der heutige Abend war für ihn das erste freudige Ereignis seit Jahren gewesen und das lag nicht zuletzt an Anny selbst. Gerne ging er also auf ihr Angebot ein und sie verabredeten sich für den nächsten Morgen.

Schicksalspfade

A storm is raging inside my head
The wind is howling, such thoughts of death
Why am I so lost and confused?
Can't find the reason for feeling blue
There's so much I can't explain
Hope this season changes soon

< Paul Weller - „5th Season" >

Seit ich Inverness verlassen hatte, war bereits eine gute Woche vergangen. Ich war der Empfehlung des Wirtes gefolgt und hatte mir vom alten Jake Bevins einen Wagen gemietet, einen Caravan mit Schlaf- und Kochmöglichkeit sowie einem chemischen Klo, das ich sehr zu schätzen wußte.

Mein Plan war, zunächst in südlicher Richtung zu fahren, entlang dem berühmt berüchtigten Loch Ness, um mich kurz hinter Fort Augustus westwärts zu halten und mir eine Route quer durch die nordwestlichen Highlands zu suchen. Im kleinen Fährhafen Kyle of Lochalsh schließlich wollte ich nach Skye, der größten und schönsten der inneren Hebrideninseln übersetzen. Nicht umsonst hatte man ihr den Beinamen ‚Perle der Hebridensee' gegeben.

Ich ließ mir Zeit. Es gab niemanden, der mich erwartete und niemanden, der mich vermißte. Wozu also beeilen? Ich genoß die Ruhe der Natur und die rauhe Schönheit der Umgebung.

Majestätische Bergformationen prägten in ihrer von Farnen und dunklen Moosen nur leicht verdeckten

Kargheit das Erscheinungsbild des wildromantischen Hochlandes. Immer wieder durchstieß abenteuerlich gezackter Fels den von Heidekraut bedeckten Boden. Ich passierte Täler und Schluchten, durchquerte diesige Moorlandschaften und fuhr vorbei an dunklen Lochs und klaren Bergseen. Über all dem erstreckte sich jener unvergleichliche Himmel, der das spröde Antlitz der Natur in einen atemberaubenden Schleier hüllte und so das sich bietende Panorama zur Vollendung brachte. Dunkle Wolkenfetzen vereinten sich stellenweise mit Flächen von reinstem Weiß. Regenschwere Finsternis und gleißende Helligkeit lieferten sich einen titanischen Kampf um die Vorherrschaft am Firmament. Dort, wo weder das eine noch das andere die Oberhand gewinnen konnte, durchbrachen einzelne Sonnenstrahlen die Wolkendecke; sanft und licht berührte der Finger Gottes die Erde.

In diesen Stunden der Einsamkeit dachte ich viel über mein bisheriges Leben nach und erinnerte mich der gemeinsamen Zeit mit Dana. Ich blickte zurück auf den Weg, den ich schließlich ohne sie gegangen war. Dabei analysierte ich die Erfahrungen der vergangenen Jahre und stellte bewußt meine damalige Perspektive in Opposition zu meinem heutigen Wissen, nur um zu prüfen, ob sie solch einer Gegenüberstellung wohl standhielte. Von Mal zu Mal, wo ich dieses mentale, fast schon an Schizophrenie grenzende Spielchen mit mir selbst spielte, wurden die Zweifel, die schon seit geraumer Zeit im Verborgenen an mir nagten, stärker. Und zum x-tenmale fragte ich mich, was gewesen wäre, wenn... Aber solche Gedanken brachten mich nicht weiter. Ich lebte eben nicht in einem fernen, parallelen Universum, in dem ich und Dana eine gemeinsame Zukunft hatten. Ich lebte im Hier und Jetzt. Allein! Ich zwang mich, diese Tatsache zu akzeptieren. Dessen ungeachtet hinterließen solche Überlegungen immer öfter einen schalen Nachgeschmack in meinem Denken und ich konnte mich des Gefühls nicht erwehren, in jenen Tagen möglicherweise die falsche Entscheidung getroffen zu haben. Auch das Schicksal von James Beckett ging mir wiederholt durch den Kopf und auf beklemmende Weise verstärkte es nur die Unsicherheit, die ich sowieso schon empfand.

Die Nächte verbrachte ich in meinem zugegebenermaßen wenig komfortablen Caravan, der aber seinen Zweck erfüllte. Außerdem hatte ich schon an weit weniger gemütlichen Plätzen genächtigt, so daß meine Ansprüche an ein Nachtquartier nicht übermäßig hoch gesteckt waren. Zumindest hatte ich ein Dach über dem Kopf und brauchte nicht zu fürchten, mir beim ersten Unwetter gleich eine Lungenentzündung zu holen.

Eines Morgens, es war der achte Tag meiner Fahrt, wurde ich von strömendem Regen, der gegen den Caravan trommelte, geweckt. Ich blickte auf meine Armbanduhr, 7.43 Uhr. Draußen dämmerte es gerade, obwohl das bei diesem Wetter sicher keinen Unterschied machte.

Ich beschloß, mir dadurch nicht die Stimmung verderben zu lassen und machte mich daran, aus zwei Eiern, den Resten des Dosengulaschs vom Vortag und einer Scheibe Käse ein Frühstück zu improvisieren. Nicht gerade ‚Haute Cuisine‘, aber meine Vorräte gingen langsam zur Neige und ich mußte zusehen, daß ich sie bei nächster Gelegenheit auffüllte. Zuvor war ich zwar vereinzelt auf kleinere Ortschaften gestoßen, meistenteils waren diese aber nicht mehr gewesen als eine Ansammlung von Häuschen um eine Tankstelle. Wenn es dort einen Gemischtwarenladen gab, so konnte ich mich schon glücklich schätzen. Nachdem ich mein bescheidenes Mahl, das ich mit einem Bier aus der Kühlbox abrundete, beendet hatte, warf ich einen Blick auf die Straßenkarte, um die heutige Route auszuarbeiten. Einige Minuten darauf war ich wieder unterwegs.

Der Regen hatte inzwischen nachgelassen, dafür war dichter Herbstnebel aufgekommen, der die Sichtweite auf nur wenige Meter begrenzte. Gegen 11.00 Uhr lichtete sich der Nebel etwas. Kaum eine halbe Stunde später hatte er sich vollständig aufgelöst und zeitweise schien sogar die Sonne durch das eine oder andere Loch in der Wolkendecke. Vielleicht würde es ja doch noch ein schöner Tag werden.

Auf plötzliche Witterungswechsel mußte man in diesem Teil der Welt immer gefaßt sein. Das Wetter hier war völlig unberechenbar und konnte innerhalb von Stunden alle denkbaren Varianten durchspielen - von strömendem Regen bis zu strahlendem Sonnenschein.

Als die Sicht klarer wurde, konnte ich erkennen, daß ich mich auf einem Feldweg befand. Das zwischen den kaum mehr vorhandenen Spurrinnen wuchernde Gras und Unkraut ließ vermuten, daß er wohl nicht allzu oft befahren wurde. So wunderte es mich nicht, daß er nach ein paar Kilometern immer schmaler und unwegsamer wurde. Offenbar hatte ich im Nebel eine Abzweigung übersehen und war dabei von der geplanten Route abgekommen, denn schließlich endete der Feldweg unmittelbar vor einem kleinen, namenlosen See.

Ich drehte den Zündschlüssel herum, das monotone Dröhnen des Motors erstarb. Die plötzliche Ruhe war eine Wohltat. Einen Moment lang saß ich einfach hinter dem Steuer und lauschte der Stille, dann stieg ich aus. Die Luft war von so betörender Klarheit und Frische. Ich konnte nicht umhin, einige Male tief ein- und auszuatmen. Fast ein wenig beschwingt ging ich zu dem vor mir liegenden Gestade. Die Entfernung von diesem zum jenseitigen Ufer mochte kaum 100 Meter betragen, in der Breite kam der Teich auf etwa das Doppelte. Rund herum war das Gelände flach und von Moosen und Farnen bewachsen, vereinzelt waren auch vom Wind gebeugte Fichten zu sehen. Auf der gegenüberliegenden Seite erhob sich ein einzelner von Gräsern und Heidekraut bedeckter Berg, der nach oben hin eine graue Färbung annahm. Sein steiniger Gipfel, der sich in der glatten Oberfläche des Sees widerspiegelte, berührte fast den unteren Wolkenrand. Ich hob einen Stein vom Boden auf und warf ihn in flachem Winkel über das Gewässer, so daß er mehrmals über die Wasseroberfläche flippte. Ich zählte insgesamt elf Hüpfer, bevor der Stein in den dunklen Tiefen verschwand.

Ich überlegte, ob ich den Wagen einfach wenden und bis zu der verpaßten Abzweigung zurückfahren sollte, entschied mich jedoch dagegen. Es war noch früh und das Wetter schien sich zu halten. Also beschloß ich, die unvorhergesehene Gelegenheit zu nutzen und mir ein bißchen die Beine zu vertreten.

Der Anblick des vor mir aufragenden Gipfels reizte mich. Schon immer waren Berge für mich von ungeheurer Faszination gewesen. Die Herausforderung an das eigene Durchhaltevermögen und der wunderbare Ausblick, der sich einem von dort oben bot, hatten mich schon so manche Höhe erstürmen lassen.

Unvermittelt spürte ich dieses Kribbeln im Bauch, das sich immer dann einstellte, wenn ich etwas Besonderes vorhatte. So auch jetzt. Schnellen Schrittes ging ich zurück zum Wagen und holte eine Packung Kekse aus der nahezu leeren Vorratsbox, die ich in meinem Tagesrucksack verstaute. „Los geht's!", sagte ich zu mir selbst und machte mich auf den Weg.

Die ersten Meter waren leicht zu bewältigen, weiches Gras und moosbewachsener Fels bildeten den Untergrund. Doch je weiter ich kam, desto schwieriger wurde das Laufen. Scharfkantige Gesteinsbrocken kratzten mir die Hände auf und knöcheltiefe Wasserlöcher, die in dem dichten Heidekraut kaum zu erkennen waren, wurden zu schlüpfrigen Fallen. Mehr als einmal bekam ich nasse Füße. Andere Abschnitte waren mit stacheligem Gestrüpp überwuchert, das es zu umgehen galt, wollte ich nicht riskieren, von tausenden spitzer Dornen zerstochen zu werden. Stand ich schließlich auf einer bestimmten Höhe, stellte ich immer wieder fest, daß ich stets nur einen Grat erklommen hatte, vom dem aus mir tiefe, schluchtenartige Furchen, den Weg zum eigentlichen Gipfel erschwerten. Dementsprechend mußte ich zunächst wieder einen Abstieg in Kauf nehmen, um gleich darauf vor einer weiteren Anhöhe zu stehen.

Vom Fuße des Berges hatte sich das gesamte Unterfangen viel einfacher dargestellt. Der Bergrücken erschien einem als glatt und stetig ansteigend. Das herumliegende Geröll, die Wasserlöcher, Stechpflanzen, Gestrüpp und Schluchten waren von dort unten nicht zu erkennen gewesen. Diese Entdeckungen machte man erst, wenn man sich auf das Abenteuer des Aufstiegs bereits eingelassen hatte.

In gewisser Weise hatte ich den Berg herausgefordert und er setzte mir alles entgegen, was er aufzubieten hatte. Ich verfluchte ihn und gleichzeitig liebte ich ihn dafür. Denn neben all den Widrigkeiten hatte er mir auch etwas zu geben. Er bescherte mir jene kleinen Dinge, die einen im Herzen reich und im Geiste frei machen: zarte Pflanzen am Wegesrand, wunderbare Blicke über Schluchten und Täler und letztlich das Gefühl auf dem

Gipfel stehen und auf die Welt hinabblicken zu können. Und indem er mir den Aufstieg so mühsam machte, machte er ihn gleichzeitig so wertvoll für mich. Dieser Weg war ein Ziel in sich.

Auf halber Höhe machte ich eine erste Pause. Von einer mehreren Meter hohen Felswand sprudelte klares Quellwasser über den Rand des Gesteins und ergoß sich in ein schnell fließendes Bächlein zu meinen Füßen. Ich beugte mich hinunter, formte mit den Händen ein Gefäß und goß mir das kühle Naß übers Gesicht. Gleich darauf ließ ich es durch meine Kehle rinnen.

Nachdem ich mich erfrischt hatte, setzte ich mich auf einen der größeren freiliegenden Felsen und aß die mitgebrachten Kekse, Vollkorngebäck mit Schokoladenüberzug. Unweigerlich mußte ich an Dana denken. Sie hatte solche Plätzchen immer besonders gemocht. Mit Vorliebe hatte sie sie in ihren Tee getunkt und dann genüßlich verspeist.

Ich verdrängte die Erinnerung, doch wie ich wußte, nur für kurze Zeit. Denn es gab noch unzählige weitere Kleinigkeiten, die mich sie nicht vergessen ließen und mit winzigen Nadelstichen mein Gewissen marterten.

Von meinem steinigen Thron aus überblickte ich die Landschaft. Ich sah hinunter auf den See, in dessen Oberfläche sich jetzt der wolkenverhangene Himmel spiegelte. Gleich dahinter konnte ich den Caravan entdecken und den Feldweg, der mich zu diesem verlassenen Ort geführt hatte. Plötzlich ließ mich ein Geräusch, das sich wie das Schreien eines kleinen Kindes anhörte, jäh zusammenfahren. Ein Steinbock war auf der anderen Seite des Bächleins aufgetaucht und blökte mich herausfordernd an. Und weil Menschen, die sich unbeobachtet fühlen, manchmal Dinge tun, die sie sonst nicht tun würden, sprach ich den Steinbock an: „Hey, alter Zickenbart, du denkst wohl, ich bin in dein Revier eingedrungen, was? Schätze, ich hätte dich vorher fragen sollen", meinte ich amüsiert. „Ich möchte hoch bis auf den Gipfel, gönn' mir doch den Spaß." Mit einem mißmutigen Blick seiner gelben Augen starrte der Steinbock mich an, so als wollte er sagen: „Heute kommst du nochmal davon, aber laß' dich hier kein zweites Mal blicken!" Nachdem die Rangordnung also klargestellt war, drehte er mir sein Hinterteil zu und verschwand hinter einigen höhergelegenen Felsen.

Nach dieser ereignisschweren Begegnung brach ich wieder auf und erreichte knapp zwei Stunden später den lang ersehnten Gipfel, ein schmales Plateau, auf dem jemand aus zusammengetragenen Steinen einen Haufen errichtet hatte - das übliche Zeichen für eine bezwungene Bergkuppe. Ein kräftiger Wind zog an meiner Jacke und wehte mir die Haare ins Gesicht. Ein wenig atemlos und mit leicht wackeligen Knien aber mit einem Gefühl ungebändigter Freude stellte ich mich an den Rand des Plateaus. Der Ausblick war überwältigend. Bis zum Horizont konnte ich die Gebirgsformationen über-schauen, grüngraue Hügel, die ineinander übergehend im Dunst verschwanden. Je weiter sie entfernt waren, desto dunkler erschienen sie. Schließlich bildeten sie ein schwarzes Kollier aus edlem Diamant, welches das Ende der Welt verzierte. Der See, an dem mein Caravan stand, erschien mir von hier oben wie ein Tropfen flüssigen Silbers. Der Wagen wurde zu einem unscheinbaren Punkt in der Landschaft. In einiger Entfernung konnte ich sogar die Abzweigung erkennen, an der ich fälschlicherweise abgebogen und dem Pfad gefolgt war. Über der ohnehin schon grandiosen Szenerie spannte sich zudem ein makelloser, stahlblauer Himmel, der das Bild perfekt machte.

Der Anblick versetzte mich in andächtiges Staunen. Auf etlichen Gipfeln hatte ich schon gestanden, von unzähligen Höhen hatte ich hinabgeschaut, doch immer wieder aufs Neue zog mich solch eine Aussicht in ihren Bann. Es gab mir den Eindruck, von der Erde losgelöst zu sein, einer Erde, die jetzt klein und unbedeutend unter mir lag. In solchen Momenten hatte ich das Gefühl, alles erreichen zu können.

Ich verweilte noch eine ganze Weile auf dem Gipfel, bevor ich mich an den Abstieg machte. Auf seiner hinteren Flanke fiel der Berg sanfter ab als dort, von wo ich gekommen war. Ein Stück weiter unten war sogar eine kleine Gebirgsstraße auszumachen, die sich in kühnen Windungen abwärts schlängelte. Da ich mich körperlich ein wenig ermattet fühlte, beschloß ich, diesen Weg zu nehmen und anschließend linkerhand um den Berg herumzulaufen. Dadurch würde der Abstieg zwar länger aber auch weniger beschwerlich.

Nach einer guten Stunde erreichte ich die Gebirgsstraße. Offenbar war sie nicht mehr in Gebrauch, denn das Gras, das an einigen Stellen wuchs, war nahezu kniehoch. Kurz darauf entdeckte ich den Grund dafür. Unmittelbar an einer unübersichtlichen Biegung, an der die Straße in nahezu rechtem Winkel hinter einem Felsvorsprung verschwand, war sie auf einem großen Teilstück abgerutscht. Auf einer Länge von bestimmt dreißig Metern fehlte hier die Fahrbahn.

Ich blickte über den Rand des Abgrunds. Knapp zwanzig Meter unter mir konnte ich vereinzelt rostige Metallteile erkennen, offenbar die Überbleibsel eines Autos. Etwas ähnliches hatte ich schon mehrmals in Gegenden wie dieser gesehen. Ich erinnerte mich an ein Erlebnis, das ich vor einigen Jahren im Südwesten Englands, in Wales, gehabt hatte. Damals war ich auf einer Wanderung durch ein ebenfalls bergiges, nur von Schafen bewohntes Gebiet gewesen. Dabei stieß ich auf ein Trümmerfeld von hunderten rostiger Metallteile. Jahre, vielleicht sogar Jahrzehnte zuvor mußte dort ein Flugzeug abgestürzt sein. Die größeren Wrackteile waren nach dem Unglück offenbar entfernt worden, sämtliche der kleineren aber lagen wild verstreut zwischen den Felsen umher. Sie störten ja auch niemanden, abgesehen von den grasenden Schafen vielleicht. Wind und Wetter taten ihr übriges.

Trotz des spontanen Erklärungsversuchs hatte ich ein merkwürdiges Gefühl, als ich über den Abgrund schaute. Mir war, als wäre ich schon einmal hier gewesen, was natürlich nicht sein konnte. Ich hatte Schottland bisher nur ein Mal bereist, war aber seinerzeit nicht über den Süden des Landes hinausgekommen. Bergland sieht sich eben sehr ähnlich, mußte ich denken. Und davon hatte ich wahrhaftig viel gesehen, in der ganzen Welt. Daher der Eindruck des Wiedererkennens. Dennoch konnte ich mich eines beklemmenden Gefühls nicht erwehren.

Vorsichtig kletterte ich entlang des Abgrunds über das fehlende Teilstück der Gebirgsstraße. Da im Laufe der Jahre Gestein und Erdreich nachgerutscht waren, fiel das Gelände nicht steil ab, sondern in einer leichten Schräge. Ich nutzte vorstehende Felsen und festes Geröll für jeden meiner Schritte. Wohlbehalten gelangte ich schließlich auf die andere Seite.

Als ich mich noch einmal umdrehte und nach unten schaute, wurde mir plötzlich schwindelig und eine unsagbare Traurigkeit überkam mich. Für einen Moment war der Eindruck so heftig, daß ich mich mit dem Rücken an den rauhen Fels lehnen mußte, um nicht von der Wucht der Empfindung übermannt zu werden. Ich bemühte mich tief und gleichmäßig zu atmen, versuchte den Kopf wieder klar zu bekommen. Nach einer Minute der Erholung ging ich weiter. Mit jedem Schritt, den ich mich von dem Abgrund entfernte, besserte sich mein Empfinden. So sehr ich mich auch bemühte, ich fand keine Erklärung für solcherlei Gefühlsverwirrung. Möglicherweise zeigte sich einfach die körperliche Erschöpfung.

Nach ein paar hundert Metern machte die Straße eine Biegung nach rechts. Obwohl ich mich dadurch weiter von meinem Lager entfernte, folgte ich ihr, weil ich sah, daß sie etwas tiefer auf eine größere Straße traf. Kurz vor der Kreuzung lagen einige gewaltige Felsbrocken, die die Durchfahrt versperrten. Daneben stand ein Schild, auf dem zu lesen war ‚Danger of landslide - Road closed', ‚Erdrutschgefahr - Fahrbahn gesperrt'. Außerdem bemerkte ich dort einen Meilenstein. Wie ich vermutet hatte, kreuzte hier die Straße, die ich anfangs hatte nehmen wollen, bevor ich im dichten Nebel vom Weg abgekommen war. Offenbar führte sie in großem Bogen um den Berg herum. Ich beschloß, ihr zunächst ein gutes Stück zu folgen, um mich an geeigneter Stelle nach links in Richtung meines Lagers querfeldein durchzuschlagen. Tatsächlich fand ich nach einigen Kilometer einen Ort, der mir günstig schien. Der Boden war weich, fast federnd, was das Laufen sehr angenehm machte. Schließlich erreichte ich einen Hügel, von dem aus ich den See und meinen Caravan sehen konnte.

Kurz darauf gelangte ich wieder an den Ausgangspunkt meiner Expedition. Es wurde bereits dunkel. Ich fühlte mich ausgelaugt, war aber nicht hungrig. Jene merkwürdige Beklemmung, die ich an dem Abgrund verspürt hatte, hatte den Hunger vertrieben. So begnügte ich mich, wie schon am Morgen, mit einem Bier aus der Kühlbox.

Nachdenklich setzte ich mich auf den Boden. Ich

überblickte noch einmal den See und sah hinauf zu dem Gipfel, hinter dem just in diesem Moment die Sonne in einem überwältigenden Schauspiel aus Licht und Schatten unterging. Ich überlegte, ob ich vielleicht die Nacht hier verbringen sollte, entschied mich aber dagegen. Aus einem unerfindlichen Grund glaubte ich nicht, an diesem Ort ruhig schlafen zu können.

Als ich zurück zum Wagen ging und die Fahrertür öffnete, schaute ich ein letztes Mal zurück. Mit dem unbestimmten Gefühl, heute etwas sehr Wichtiges gelernt zu haben, ohne genau sagen zu können, was das wohl gewesen sein mochte, setzte ich mich hinter das Steuer und startete den Motor. Ich würde ohne weiteren Verzug bis nach Kyle of Lochalsh durchfahren und beschloß, für heute Nacht ein Zimmer zu nehmen und die harte Liege des Caravans gegen ein schönes, weiches Bett einzutauschen.

Dreisamkeit

I'm losing control of my emotions
You've got this hold on my heart
I've never known what we are feeling
You never took me so far
I can't find the words

Is this love?

< Beverley Craven - „Holding On" >

Anny und Robin hatten sich für die Mittagszeit im
‚Unicorn's Garden' verabredet, einem kleinen Café, das
zwischen der ‚University of London' und dem belebten
‚Covent Garden' gelegen, oftmals Ausgangspunkt für
gemeinsam verbrachte Abende gewesen war. Wie lange
war das jetzt her.

Seit damals hatte sich nicht viel verändert. Sein Blick
schweifte über die klobigen Rattanmöbel mit den
gemütlichen Kissen und über die dreibeinigen Holztische
mit der aufgelegten Marmorplatte. Zwischenzeitlich hatte
man offenbar die Wände gestrichen, denn das lindfarbene
Grün, an das er sich erinnerte, war durch ein helles Beige
ersetzt worden. Aber ansonsten war alles genau wie
früher. Sogar das alte Klavier stand noch in der Ecke
neben dem Kamin. Er setzte sich an einen der kleineren
Tische direkt am Fenster, bestellte einen Tee und wartete.

Auf der gegenüberliegenden Straßenseite konnte er
einen vagabundierenden Musiker sehen, einen langhaarigen Hippie, der den Eindruck erweckte, als hätte
man ihn direkt aus Woodstock eingeflogen. Er brachte

das kleine Kunststück fertig, vier Instrumente gleichzeitig zu spielen. In den Händen hielt er eine Gitarre, mit seinem linken Fuß betätigte er den Klöppel einer vor ihm stehenden Trommel, am rechten Fuß war ein Tamburin befestigt und auf seinen Schultern saß ein Gestell, an dem eine Mundharmonika angebracht war. Das Ein-Mann-Orchester gab gerade seine Version von Neil Youngs Klassiker ‚Heart of Gold‘ zum besten, als Robin jemand an der Schulter berührte. Es war Anny. Unter dem Arm hielt sie einen in braunes Packpapier eingewickelten Bilderrahmen.

„Hallo, Robin!“ Sie begrüßte ihn mit einem leichten Kuß auf die Wange. „Entschuldige die Verspätung. Ich mußte noch etwas von der Ausstellung holen.“ Dabei deutete sie auf den mitgebrachten Rahmen.

„Kein Problem“, erwiderte er. „Zeit habe ich wirklich reichlich.“

Sie setzte sich und schaute ihn leicht besorgt an. „Wie geht es dir? Du wirkst ein wenig deprimiert.“

Ein müdes Lächeln legte sich auf sein Gesicht. „Ach, weißt du, seit Heléns Tod bin ich nicht mehr hier gewesen. Das ist einfach ein bißchen merkwürdig.“

„Ja, das verstehe ich. Mir geht es ähnlich. Aber es ist schön, dich noch einmal zu sehen, bevor ich wieder abfliege. Und eigentlich könnte ich mir keinen besseren Ort dafür vorstellen als diesen. Wir haben so viele schöne gemeinsame Stunden hier verlebt.“

„Das stimmt“, bestätigte er. „Es waren wunderbare Jahre.“ Sie lächelte. Aber da war etwas in ihren Augen, ein Ausdruck, den Robin nicht recht zu deuten wußte. „Erinnerst du dich noch“, fragte er, „als wir uns das erste Mal getroffen haben? Helén wollte unbedingt, daß ich ihre beste Freundin kennenlerne. Ich kann mich gut entsinnen, wie wir an jenem Abend stundenlang über den

Sinn des Lebens philosophiert haben. Wir waren so jung und voller Träume."

„Oder weißt du noch", nahm Anny den Faden auf, „wie wir uns bei dem Wirt eine Runde erschlichen haben, indem wir erzählten, ich hätte Geburtstag. Das war der Abend, an dem ich mich an dieses alte Klavier dort drüben gesetzt und mein gesamtes Repertoire von Joan Baez bis Jingle Bells rauf und runter gespielt habe."

„Du hast den ganzen Laden unterhalten", schmunzelte er. „Und es war eine Bombenstimmung."

„Zum Schluß war sogar jemand mit einem Hut 'rumgegangen", warf Anny ein. „Ich wette, so wilde Tage hat das alte ‚Unicorn's Garden' seitdem nicht mehr erlebt."

Noch lang redeten sie über die alten Zeiten, die alten Freunde und all die Verrücktheiten, die sie angestellt hatten. Aber immer wieder bemerkte Robin diesen merkwürdigen Ausdruck in Annys Augen. Schließlich konnte er nicht umhin. „Willst du darüber reden?", fragte er ohne Umschweife.

Anny war sichtlich irritiert. „Was meinst du?"

„Da ist etwas in deinen Augen. Etwas, das ich nicht richtig deuten kann. Aber es sagt mir, daß dir etwas auf der Seele liegt."

Sie wich seinem Blick aus. Doch dann schien sie sich ein Herz zu fassen. „Hast du dich nie gewundert, warum ich mich all die Jahre nach Helèns Tod nie gemeldet habe?"

Robin zuckte leicht mit den Schultern. „Na ja, das Leben in einem anderen Land, deine Karriere. Ich nehme an, du warst sehr beschäftigt."

Sie blickte ihn an. „Das war es nicht allein. Es gibt noch einen anderen Grund." Sie zündete sich eine Zigarette an. „Eigentlich wollte ich dir gar nichts davon erzählen, aber vielleicht ist es besser so." Er runzelte die Stirn. „Helèn war eine wunderbare Frau", begann sie. „Und ich habe sie geliebt wie eine Schwester. Aber um eines habe ich sie immer beneidet."

„Beneidet? Worum denn?"

Sie blickte ihm direkt in die Augen. „Um dich."

Robin glaubte, sich verhört zu haben. „Was? Um mich? Um Himmels Willen, Anny!"

„Es ist die Wahrheit", sagte sie leise. „Sie hatte das, wonach ich mich immer gesehnt habe." Sie schlug die Augen nieder. „Du und Helèn, ihr lebtet in der gleichen Welt, ihr hattet etwas Wunderbares. Mein ganzes Leben habe ich nach jemandem gesucht, mit dem ich etwas ähnlich Wertvolles hätte teilen können. Ich habe ihn nie gefunden. Doch ich wußte, du hättest dieser Jemand sein können. Wenn ich an unsere zahllosen Gespräche denke, über das Leben und was man daraus machen sollte. Deine Vorstellungen von Freiheit und die Art die Dinge zu betrachten. Du warst immer so frei in deinem Tun, so spontan und unternehmungslustig. Dafür habe ich dich immer bewundert. Mehr noch. Ich hatte mich in dich verliebt, denn du warst der Mann, mit dem ich alles hätte teilen können. So gern wäre ich gemeinsam mit dir aufgebrochen in die Welt, um die unentdeckten Horizonte zu erobern, von denen du immer gesprochen hast. Aber du warst ja bereits vergeben, zudem an meine beste Freundin." Sie nahm einen tiefen Zug von ihrer Zigarette. Einen Moment lang schwieg sie. „Aber was mich am meisten schmerzte, war, daß du dir meiner als Frau nie bewußt geworden bist. Für den Glücksritter in dir, dessen Erlebnishunger gerade geweckt worden war, war ich ein interessanter Gesprächspartner. Doch es war Helèn, die für dich die perfekte Beziehung verkörperte."

Robin war erschüttert. Er spürte einen dicken Kloß in

seiner Kehle. Alles was er jetzt hätte sagen können, schien ihm deplaziert. Also sagte er nichts, stattdessen beugte er sich vor und drückte Anny liebevoll an sich. Schweigend hielt er sie in den Armen. „Ich hatte ja keine Ahnung", brachte er mit belegter Stimme hervor.

„Ich weiß", erwiderte sie. „Du hast mich nie als Frau gesehen, sondern immer nur als sprudelnde Quelle abenteuerlicher Ideen. Du hattest nur Augen für Helèn. Ich freute mich so sehr für sie, doch zugleich habe ich sie auch beneidet. Du warst bestimmt der ungewöhnlichste, witzigste Mann, der mir bis dahin begegnet war. Und du hast sie von Herzen geliebt, das konnte man sehen. Aber weißt du, was das Verrückteste daran ist?" Sie löste sich sanft aus seiner Umarmung. „Sie hat es gewußt. Vom ersten Moment an wußte sie, wie ich für dich empfinde. Trotzdem hat sie es nie angesprochen, um mich nicht in Verlegenheit zu bringen. Denn sie wußte auch, daß du sie nie für eine andere hergegeben hättest."

Robin mußte schwer schlucken. Die Entwicklung des Gesprächs hatte ihn gänzlich überrollt. Er versuchte, seine Gedanken zu ordnen. Wie blind war er nur gewesen? Für eine Weile verfielen beide in Schweigen.

Dann sagte Anny leise: „Ich habe da etwas für dich, das ich dir schon lange geben wollte. Jetzt ist wahrscheinlich ein guter Zeitpunkt." Sie langte neben sich und reichte ihm den mitgebrachten Bilderrahmen.

Überrascht nahm er das Geschenk entgegen. Langsam wickelte er es aus. Als sein Blick auf das Gemälde fiel, verschlug es ihm den Atem und sein Herz schien einen Schlag lang auszusetzen. Helèn! Einen Moment lang glaubte er, ihr leibhaftig gegenüberzustehen, so lebendig wirkte sie auf dem Bild. Jede Nuance ihres Gesichts, der Ausdruck in ihren Augen, ihr sanftes Lächeln... Alles war perfekt getroffen. Anny mußte all ihr Können und all ihre

Liebe in das Portrait gelegt haben. Er brauchte einige Sekunden der Besinnung. „Ich danke dir", sagte er mit brüchiger Stimme.

Sie schluckte. Ihre Augen bekamen eine feuchten Glanz. „Es ist die beste Arbeit, die ich je angefertigt habe. Ich denke, du solltest sie haben."

Robin war wie gelähmt vor Rührung. Da erkannte er, daß er Anny auf eine ganz eigene Art liebte. Er drückte sie noch einmal fest an sich. „Ich danke dir von Herzen." Dabei wischte er sich verstohlen eine Träne aus dem Augenwinkel. Diesmal löste sie sich nicht aus seiner Umarmung.

Als sie sich trennten, gab sie ihm zum Abschied einen Kuß. „Wenn ich irgend etwas für dich tun kann, laß' es mich wissen! Du hast in mir eine gute Freundin, vergiß' das nicht!"

„Ich werde daran denken", versprach er und meinte es so. Er, der sich seit dem Tod seiner Frau von der Welt zurückgezogen und niemandes Hilfe angenommen hatte, war endlich wieder bereit, sich einem anderen Menschen anzuvertrauen. Etwas in seinem Innern hatte sich heute verändert, hatte sich geöffnet und ihm eine neue Perspektive gezeigt. Das erste Mal seit Helèns Tod hatte er das Gefühl, daß es einen Menschen gab, der ihm wirklich etwas bedeutete. Und er wollte diesen Menschen nicht enttäuschen, nicht noch einmal.

Engelszeit

Nach meiner Exkursion in die Berge hatte ich noch einige schöne Tage auf Skye verbracht, in denen ich die Einsamkeit der Insel und die Ruhe des nahezu stetig fallenden Nieselregens genoß. Lange Stunden hatte ich, auf rauhen Klippen sitzend, das beindruckende Panorama des wolkigen Himmels bewundert und zugesehen, wie er am Horizont in einem leuchtenden Band mit dem silbern funkelnden Meer verschmolz. Zur Mittagszeit schmeichelte ich meinem Gaumen mit frischgefangenem Fisch aus der Hebridensee; die Abende hatte ich stets bei einigen Gläschen guten schottischen Whiskys in einem der gemütlichen Inselpubs ausklingen lassen. Es war herrlich.

Entspannt war ich schließlich nach Inverness zurückgekehrt, wo ich abermals bei der alten Dame Unterkunft nahm. Auch meinen Reisegefährten aus dem Zug, der bei seiner Schwester zu Besuch war, traf ich dort wieder.

Eines abends saßen wir gemeinsam im ‚World's End' und ich berichtete ihm von meinem eigenartigen Erlebnis in den Highlands. Er blickte mich prüfend an.

„Haben Sie das Buch gelesen, das ich Ihnen empfohlen habe?", wollte er wissen.

„Ich habe es gelesen", gab ich zurück. „Und ich muß zugeben, Sie haben mich richtig eingeschätzt. Es hat mich geradezu gefesselt. Wenn mir der Autor auch stellenweise einen etwas verwirrten Eindruck machte."

Der Alte schmunzelte. „Nicht halb so verwirrt, wie Sie denken", antwortete er. „Nicht halb so verwirrt."

Als ich ihn fragte, wie das gemeint sei, sagte er nur: „Warten Sie's ab. Wenn ich mich nicht sehr täusche, werden Sie es schon bald verstehen."

Ich muß ziemlich konfus ausgesehen haben, denn belustigt fuhr er fort: „Manchmal geschehen bestimmte Dinge, die auf den ersten Blick in keinerlei Zusammenhang zu stehen scheinen. Sie kommen einem wie Zufall vor. Doch wenn Sie lernen, die Zeichen zu deuten, dann werden Sie das Bild dahinter erkennen." Ein geheimnisvolles Lächeln umspielte seine Lippen. Trotz meines Drängens wollte er aber nicht mehr zu diesem Thema sagen, so daß ich es schließlich aufgab. „Kommen Sie!", lud er mich ein. „Ich geb' einen aus."

Der nächste Morgen war ungemütlich und kalt. Es hatte die ganze Nacht über geregnet und dunkle Wolken hingen wie schwere Vorhänge am Himmel. Ich hatte mir diesen Tag für die Rückkehr nach London ausgesucht. Anders als auf dem Hinweg wollte ich jetzt das Flugzeug nehmen, in der Hoffnung, einige imposante Blicke auf Inverness und die Highlands werfen zu können. Doch das schlechte Wetter würde mir wohl einen Strich durch die Rechnung machen.

Die kleine Düsenmaschine war nicht einmal zur Hälfte ausgebucht. Ich setzte mich auf einen Platz am Fenster und wartete auf den Start. Endlich war es soweit. Das leichte Rauschen steigerte sich zu einem dumpfen Dröhnen und ich spürte, wie die zunehmende Beschleunigung mich sanft in den Sitz drückte. Dann löste sich das Flugzeug aus der Umklammerung der Schwerkraft und erhob sich in die Lüfte.

Als ich aus dem Fenster sah, konnte ich das Triebwerk sehen. Jemand hatte mir mal erzählt, daß die Piloten zuweilen einen Wunsch in das Innere der Triebwerksummantelung ritzten. Während des Fluges wurde er von den feurigen Gasen weggebrannt und in alle Winde getragen. Ich fand diese Vorstellung immer sehr romantisch und fragte mich, welcher Wunsch hier wohl gerade verglühte.

Sekunden später lagen Inverness und die grüngrauen Hügel des umliegenden Hochlandes weit unter mir. Je höher es ging, desto dichter wurde die Wolkendecke und bald gab es nichts mehr zu erkennen außer trüben Dunstschwaden. Einige Minuten lang bot sich mir diese unwirkliche Aussicht, dann kam der Moment des Wiederauftauchens aus dem tristen Nebelmeer. Mit ungeahnter Plötzlichkeit durchbrach das Flugzeug die Wolkendecke; gleißendes Sonnenlicht und ein strahlend blauer Himmel begrüßten mich. Soweit das Auge reichte, erstreckte sich ein endlos scheinendes Feld aus weicher Watte. Vereinzelt konnte ich Hügel und Berge aus flauschigem Weiß erkennen. Prompt verspürte ich den Wunsch auszusteigen und umherzulaufen in der himmlischen Landschaft.

Noch während ich mich solcherlei Vorstellungen hingab, stimmte mich das mentale Bild nachdenklich. Fast erschien es mir wie eine Metapher für mein bisheriges Leben. Ja, das hätte zu mir gepaßt. Hatte ich nicht mein ganzes Leben auf Wolken verbracht, war Träumen hinterhergejagt und hatte Luftschlösser gebaut?

Ein unerwartetes Rumpeln riß mich aus meinen Gedanken. Alles um mich herum begann wie wild zu wackeln und in meinem Bauch stellte sich ein mulmiges Gefühl ein. Auch das Düsengeräusch wurde schlagartig lauter. Unweigerlich fragte ich mich, welche Folgen es wohl hätte, wenn diese fliegende Stück Metall jetzt abstürzte und mich in den Tod riß. Wenn ich ehrlich war, mußte ich mir selbst eingestehen, daß dieser Umstand keinerlei Unterschied machen würde. Meine Reisen hatten mich um die ganze Welt geführt. Immer war ich umgeben gewesen von Menschen, doch im Grunde meines Herzens war ich stets allein geblieben. Ich hatte nur wenige Freunde, von denen ich die meisten schon etliche Jahre nicht mehr gesehen hatte. Ich hatte keine Frau, keine Kinder, nicht einmal mehr Verwandte. Es gab niemanden, der um mich trauern, mich vermissen würde. Diese Erkenntnis schmerzte. Im Grunde hatte ich mich nur ein einziges Mal wirklich verstanden und geborgen gefühlt. Das war die Zeit mit Dana gewesen.

Unvermittelt überkam mich Furcht davor, tatsächlich abzustürzen. Ich hatte keine Angst vor dem Sterben, mehr eine schwer zu fassende Sorge, aus dem Leben scheiden zu müssen, bevor ich Gelegenheit haben würde, etwas Wichtiges zu erledigen.

Als das Gröbste überstanden war, meldete sich der Kapitän aus dem Cockpit. „Meine sehr verehrten Damen und Herren, wie Sie sicher bemerkt haben, sind wir soeben in ein Luftloch geraten, das unser Flugzeug ein wenig durchgeschüttelt hat. Da wir das dafür verantwortliche Tiefdruckgebiet nun aber passiert haben, ist mit einem ruhigeren Verlauf des weiteren Fluges zu rechnen. Falls sich doch noch etwas Ungewöhnliches ereignen sollte, werde ich Sie rechtzeitig darüber informieren. Vielen Dank für Ihre Aufmerksamkeit."

Trotz der bewegten Situation war die Stimme des Piloten so routiniert, so gefaßt. Insgeheim fragte ich mich, ob er die Maschine wohl absichtlich ein bißchen hin- und herschaukeln ließ, um einen eher langweiligen Flug etwas aufzulockern. Vor meinem geistigen Auge erschien das Bild eines stimmungsvollen Cockpits, in dem sich der Kapitän lachend auf die Schenkel klopfte, während dem Kopiloten bereits die Tränen über die Wangen liefen. Aber wahrscheinlich tat meine überreizte Phantasie den beiden unrecht.

Der Weiterflug verlief jedenfalls ohne weitere Zwischenfälle und schon bald darauf ging die Maschine in den Sinkflug über. Einige Minuten später befand sie sich im Anflug auf London. Abermals tauchten wir in die milchige Wolkendecke ein. Durch die immer dichter werdenden Nebelschwaden konnte ich einen letzten Blick auf das strahlende Blau des Himmels erhaschen, bevor er endgültig verschluckt wurde.

Kurz darauf hatte ich wieder festen Boden unter den Füßen. Ich schaute noch einmal empor, aber außer dem eintönigen, trüben Weiß war nichts zu sehen. Deprimiert schulterte ich meinen Seesack und machte mich auf den Weg zu der kleinen Pension, in der ich immer noch mein Zimmer hatte.

Bei diesem Wetter erschien mir die Stadt trist, fade und vor allem grau. Ein fast klaustrophobisches Gefühl von beklemmender Enge überkam mich. Was für ein

Gegensatz zur grünen Weite Schottlands. Ich sah mich umgeben von hellgrauen Häuserwänden, lief auf dunkelgrauen Straßen und begegnete aschgrauen Leuten.

Ich überquerte den Platz, auf dem ich einige Wochen zuvor den Entschluß gefaßt hatte, meine Expedition zu starten. Eine Vielzahl von Tauben hatte sich hier in großen Gruppen niedergelassen. Einige sahen ziemlich ramponiert aus, so als wären ihnen die unkalkulierbaren Risiken der Stadt nicht gut bekommen. Andere pickten erwartungsvoll an alten Zigarettenstummeln herum, wohl in der trügerischen Hoffnung, sie würden sich als schmackhafte Brotkrümel erweisen.

Ich fragte mich, was die dummen Vögel dazu bewog, ihr ganzes Leben in lauten, schmutzigen Großstädten zu fristen. Tagsüber stolperten sie verwirrt über die von Autoabgasen verpesteten Straßen, des Nachts hockten sie auf kalten, metallenen Laternenpfahlen. Und dieses ganze klägliche Leben nahmen sie nur auf sich, um früher oder später unter den Rädern eines Autos zerquetscht zu werden, eins werdend mit dem dreckigen Asphalt, auf dem sie so lange dahinvegetiert hatten. Warum spreizten sie nicht ihre Flügel, stiegen auf in den Himmel und suchten sich einen schöneren Ort? Warum tauschten sie nicht den Gestank und den Schmutz der Stadt gegen die üppige Vegetation und den blauen Himmel eines tropischen Paradieses? Humus und blühende Wälder anstelle von Stahl und Beton.

Doch dann mußte ich denken, waren die Menschen nicht genauso? Führten sie nicht ein ähnlich tristes Leben in den gleichen grauen Städten wie diese Tauben. Einmal im Jahr machten sie Urlaub im Paradies, nur um kurz darauf wieder zurückzukehren in die immer gleichbleibende Monotonie des Alltags. Und genau wie die Tauben würden sie eines Tages zurücksinken in den

Staub der Stadt, würden zu einem Teil jenes Bodens, auf dem ihre Straßen sich wanden und ihre Hochhäuser gebaut waren.

Es begann zu regnen. Inmitten der kalten, grauen Mauern sehnte ich mich plötzlich nach menschlicher Wärme, eine Regung, die mir im Laufe der Jahre fast fremd geworden war. Ich hatte zu lang allein gelebt, war mir selbst zu lang mein bester Freund gewesen. Seit der Trennung von Dana gab es niemanden, mit dem ich meine Gedanken teilen konnte, niemanden, der mich wirklich verstanden hätte. Ich wurde von dem gleichen Gefühl überkommen, welches ich einige Stunden zuvor im Flugzeug verspürt hatte, das Gefühl, allein zu sein auf einem Planeten voller Menschen. Mit solcherlei trüben Gedanken im Kopf erreichte ich schließlich die Pension.

Der folgende Morgen stellte sich schon weitaus freundlicher dar. In der Frühe schien die Sonne in mein Zimmer und weckte mich. Beim Blick aus dem Fenster sah ich einen strahlend blauen Himmel. Die dunklen Wolken, die gestern das Firmament bedeckt und mein Gemüt vernebelt hatten, waren verschwunden. Es versprach, ein schöner Tag zu werden.

Ich nahm eine ausgiebige Dusche, rasierte mich, zog frische Kleidung an und verließ leise vor mich hin pfeifend das Haus. So guter Laune wie heute war ich schon lange nicht mehr. Ich beschloß, ins Stadtzentrum zu fahren, um dort zu frühstücken.

Eine knappe Stunde später erreichte ich eine wenig befahrene Seitenstraße. Schon von weitem konnte ich das kleine Café erkennen, das mir noch so gut in Erinnerung war. ‚Unicorn's Garden' stand auf einem verschnörkelten Holzschild direkt über dem Eingang. Mit erwartungs-voller Spannung trat ich ein. Dana und ich waren seinerzeit oft hergekommen, hatten Tee getrunken und Händchen gehalten.

Seit damals hatte sich nicht viel verändert. Mein Blick schweifte über die klobigen Rattanmöbel mit den gemütlichen Kissen und über die dreibeinigen Holztische mit der aufgelegten Marmorplatte. Zwischenzeitlich hatte man offenbar die Wände gestrichen, denn das lindfarbene Grün, an das ich mich erinnerte, war durch ein helles Beige ersetzt worden. Aber ansonsten war alles genau wie früher. Sogar das alte Klavier stand noch in der Ecke neben dem Kamin. Ich suchte mir einen Platz am Fenster, bestellte ein English Breakfast und ein Kännchen Tee und genoß das Gefühl, auf den Spuren meiner eigenen Vergangenheit zu wandeln.

Interessiert verfolgte ich das bunte Treiben hinter der Glasscheibe. Ich beobachtete die Menschen, die am Fenster des Cafés vorbeiliefen und fragte mich vereinzelt, wohin ihr Weg sie wohl führen mochte. Auf der gegenüberliegenden Straßenseite konnte ich einen vagabundierenden Musiker sehen, einen langhaarigen Hippie, der den Eindruck erweckte, als hätte man ihn direkt aus Woodstock eingeflogen. Er brachte das kleine Kunststück fertig, vier Instrumente gleichzeitig zu spielen. In den Händen hielt er eine Gitarre, mit seinem linken Fuß betätigte er den Klöppel einer vor ihm stehenden Trommel, am rechten Fuß war ein Tamburin befestigt und auf seinen Schultern saß ein Gestell, an dem eine Mundharmonika angebracht war. Das Ein-Mann-Orchester gab gerade seine Version von Neil Youngs Klassiker ,Heart of Gold' zum besten, als die Klänge von der Straße und die altvertraute Umgebung Erinnerungen wieder aufleben ließen, die ich lang verloren glaubte. Und so kehrte ich im Geiste zurück zu jenem Herzen aus Gold, das ich einst zurückgelassen hatte.

Mit einem Mal wurde ich aus meinen Tagträumen gerissen. „Ist dieser Platz noch frei?", brach eine zarte Stimme aus weiter Ferne in meine Welt ein. Leicht irritiert drehte ich mich zur Seite. Eine junge Frau stand neben meinem Tisch. Sie war klein, höchstens einen Meter sechzig, hatte dunkles, schulterlanges Haar und braune Augen, die von einem grünlichen Schimmer durchsetzt waren. Einige Sommersprossen verzierten ihre Nase. Ihr schwarzes Samtkleid berührte fast den Boden.

Das Café hatte sich derweil merklich gefüllt, keiner der Tische war mehr unbesetzt. Offenbar war es bereits früher Abend geworden und einige der Angestellten, die hier in der Gegend arbeiteten, kamen noch auf einen Feierabend-Drink in das ‚Unicorn's Garden'. Ich mußte dermaßen tief in Gedanken versunken gewesen sein, daß ich davon gar nichts mitbekommen hatte.

„Aber ja, bitte schön", bot ich ihr den Platz an meinem Tisch an.

„Vielen Dank." Sie bedachte mich mit einem Lächeln.

Ich konnte nicht umhin, die grazilen Bewegungen zu bewundern, mit denen sie den Stuhl zur Seite schob, sich setzte und nach der Karte griff. Da ich es leid war, länger allein vor meinem inzwischen kalt gewordenen Tee zu sitzen, beschloß ich, die Gelegenheit zu nutzen und ein wenig Konversation zu machen.

„Ich habe gar nicht bemerkt, wie spät es geworden ist", sagte ich.

„Sitzen Sie denn schon länger hier?", fragte sie.

„Seit dem Frühstück." Ich mußte wahrlich die Zeit vergessen haben, draußen wurde es bereits dunkel.

„Dann müssen Sie entweder sehr ausdauernd oder sehr einsam sein."

Ihre Direktheit überraschte mich, machte mich sogar etwas verlegen. „Sagen wir einfach, ich habe viel Zeit."

Sie nickte verständnisvoll und musterte mich mit unbefangener Intensität. Wie alt sie wohl sein mochte? Zwischen dreißig und fünfunddreißig schätzte ich, obwohl sie jünger aussah, nicht zuletzt ihrer Zierlichkeit wegen, die ihr beinahe etwas Kindliches verlieh. Aber da lag etwas in ihren Augen, das diesen Eindruck Lügen strafte, etwas, das mir klar zu verstehen gab, daß diesem zierlichen Körper ein starker Geist innewohnte.

„Da sind Sie aber ein seltenes Exemplar", griff sie meine Bemerkung auf. „Man trifft nicht oft jemanden, der heutzutage so etwas von sich behaupten kann. Die meisten Menschen scheinen ständig in Eile zu sein. Kaum jemand hat mehr Zeit für sich oder für andere."

„Ach, wissen Sie", meinte ich, „ich glaube gar nicht, daß das nur an den Menschen liegt. Es ist die Welt um uns herum. Man hat den Eindruck, sie dreht sich von Tag zu Tag schneller. Und die Leute drehen sich eben mit. Oder sie verpassen den Anschluß."

„Sie meinen, wie bei einem Karussell?"

„Ja, wie bei einem Karussell." Der Vergleich gefiel mir.

„Aber ist es nicht schade, wenn man nur für die Zukunft lebt und nicht den Augenblick zu genießen versteht. So läuft man doch bloß einem Ziel hinterher, das man nie erreicht. Wissen Sie, was ich meine?"

Ich mußte schlucken. Ich wußte sehr genau, was sie meinte. Nahezu mein gesamtes Leben hatte ich auf diese Weise verbracht, war Phantomen hinterhergejagt, ohne schätzen zu wissen, was ich bereits besaß. Ich war ein unsteter Geist gewesen, ohne Rast und ohne Ruhe. „Ja. Ich weiß, was Sie meinen", sagte ich tonlos. „Sie meinen leben, ohne zu leben."

In ihren Augen konnte ich ein merkwürdig wissendes Funkeln sehen. Was sah diese Frau in mir? Waren meine

Zweifel, meine Einsamkeit derweil so offensichtlich geworden, daß jedermann sie erkennen konnte? Oder war sie einfach sehr sensibel?

„Haben Sie den Anschluß verpaßt?", fragte sie unvermittelt.

Ich dachte kurz nach, bevor ich antwortete. „Nein, ich habe mein eigenes Karussell."

„Aha, ein einsamer Aussteiger also."

Vorsichtig geworden erwiderte ich: „Nun, lassen Sie es mich so sagen: Ich schätze, es gibt zwei Arten von Menschen. Die einen, die sich dem Druck ihrer Umwelt beugen und die, die es nicht tun und stattdessen ihren eigenen Weg gehen." Sie schmunzelte, ob meiner ausweichenden Antwort. „Zu welcher Art gehören Sie denn?", fragte ich.

Sie zwinkerte mir schelmisch zu. „Ich habe auch mein eigenes Karussell."

Es fiel mir schwer, mich der mysteriösen und zugleich faszinierenden Ausstrahlung dieser Frau zu entziehen. Sie schien so jung und verbreitete dennoch eine Aura des Zeitlosen um sich. Es herrschte ein kurzer Moment des Schweigens. „Wie heißen Sie?", wollte ich wissen.

„July", antwortete sie.

„Darf ich Sie zu einem Drink einladen, July?"

Sie nickte zustimmend. „Gern. Einen Planter's Punch, bitte."

Ich winkte den Ober heran und bestellte zwei Planter's Punch. „Cincin! Auf die, die ihr eigenes Karussell haben."

Sie lächelte nur und wir ließen die Gläser klingen. „Verraten Sie mir auch ihren Namen?"

„Mein Name", antwortete ich, „ist Robin."

Es war sonderbar. Obwohl ich July erst seit einigen Minuten kannte, vermittelte sie mir ein Gefühl des

Verstandenseins. Ja, mehr als das. In ihrer Gegenwart fühlte ich mich durchsichtig wie eine Glastür, auf undefinierbare aber angenehme Weise erkannt. Wenn sie nicht so jung gewesen wäre, hätte ich behaupten wollen, es wäre Weisheit, die ihr innewohnte. Ich faßte mir ein Herz. „Ich möchte Ihnen eine Geschichte erzählen, July, wenn ich darf."

„Nur zu!", ermunterte sie mich. „Ich bin eine gute Zuhörerin."

„Es ist eine wahre Geschichte, die...", ich zögerte einen Augenblick, „...einem guten Freund von mir widerfahren ist."

So begann ich, die Geschichte meines Lebens zu erzählen. Viel zu oft war ich selbst mein eigener Zuhörer gewesen. Viel zu lange schon hatte ich all das mit mir herumgetragen. Nach all den Jahren war es mir ein Bedürfnis, mich jemandem mitzuteilen, meine Seele zu erleichtern. Ich erzählte von Dana, angefangen von dem Punkt, da wir uns kennenlernten, bis zu unserer Trennung. Und ich berichtete von dem Weltenbummler, der ich geworden war, von den Ländern, die ich gesehen hatte, von Freud' und Leid. Ich erzählte von den Zweifeln, die mich befallen hatten, von der Freiheit und der Einsamkeit, die ich empfand. Bei all dem versäumte ich es nicht, stets von meinem „guten Freund" zu sprechen.

Vier Stunden und etliche Drinks später schloß ich meinen Bericht. Das Café hatte sich inzwischen geleert. Wir waren die letzten Gäste. Zum zweiten Mal an diesem Tag war die Zeit an mir vorübergezogen, ohne daß ich es bemerkt hatte. Nachdem ich mein ganzes Leben vor einer Fremden ausgebreitet hatte, fühlte ich mich erleichtert und zugleich erschöpft.

„Das ist eine sehr bewegende Geschichte", bemerkte

sie. „Wie geht es Ihrem Freund heute? Was macht er?"

„Er macht das, was er kann", sagte ich. „Er zieht durch die Bars der Welt und trauert einem Leben nach, das er nie wirklich besessen hat."

Abermals blickte ich in ihre großen, dunklen Augen, die mich so seltsam wissend anschauten.

„Das tut mir leid...", jetzt zögerte sie kurz, „...für Ihren Freund."

„Ja, mir auch, aber so ist das Leben eben", meinte ich leidenschaftslos.

„Das Leben", erwiderte sie, „ist immer das, was man daraus macht." Sie schwieg einen Moment. „Vielleicht habe ich etwas für Sie." Sie reichte mir ihre Karte. ‚Galerie Zeitlos - Uhren & Zeitmeßgeräte aus allen Epochen', war darauf zu lesen. Darunter standen ihr Name und eine Adresse. „Kommen Sie doch morgen Abend zum Tee vorbei, so gegen sieben. Ich würde mich freuen. Jetzt muß ich aber gehen, es ist schon spät."

Ich schaute auf die Uhr. Es war fast Mitternacht. „Oh, ja", murmelte ich. „Entschuldigen Sie, daß ich Sie so lange aufgehalten habe. Hoffentlich habe ich Sie nicht allzu sehr gelangweilt."

„Im Gegenteil!", gab sie zurück. „Ich mag Ihre Geschichte. Und genau wie Sie habe ich viel Zeit." Damit erhob sie sich und lächelte mir noch einmal zu. „Ich erwarte Sie."

„Ich werde da sein", erwiderte ich.

In dieser Nacht hatte ich einen Traum. Ich saß am Ufer eines Flusses, der sich durch eine idyllische Landschaft aus Wäldern und Wiesen schlängelte. Die Luft war erfüllt vom lieblichen Gesang der Vögel und dem Plätschern des Wassers.

Unversehens erhob ich mich über die Szenerie;

schwerelos glitt ich durch die Lüfte. Je höher ich stieg, desto mehr konnte ich von dem erkennen, was unter mir lag. Ich sah, wie der Fluß sich gar nicht weit vor mir verzweigte. Dann sah ich, daß auch jene beiden Ströme sich trennten und diese ihrerseits, bis ein unüberschaubares Muster aus glitzernden Linien entstand, das sich am Horizont in einem feinen Nebel auflöste. Doch mit jedem Seitenarm, der neu hinzukam, wandelte sich die Landschaft, durch die der Wasserlauf sich seinen Weg bahnte. Wo das Ufer, von dem ich emporgehoben wurde, von Wiesen und Wäldern gesäumt war, lag gleich daneben die triste Einöde eines sterbenden Landes. Laublose Bäume und verdörrte Weiden umgaben dort einen nur schwach fließenden Strom, der eine trübe, ungesunde Farbe hatte.

Aus meiner erhöhten Perspektive offenbarten sich mir noch etliche weitere Landschaften, die mal von reißenden Flüssen, mal von rauschenden Bächlein und stellenweise auch nur von tröpfelnden Rinnsälen durchflossen wurden. Sie alle aber waren immer Ausläufer eines anderen Wasserarmes. Und als ich das nächste Mal nach unten blickte, vermochte ich nicht mehr zu sagen, von welchem der unzähligen Ströme ich aufgestiegen war.

Wie ein Vogel im Gleitflug zog ich durch die Lüfte, bis ich bemerkte, daß ich tatsächlich ein Vogel war. Kraftvoll spürte ich den Wind unter meinen Schwingen hindurchgleiten, sanft schmiegte sich mein Gefieder an meinen Körper.

Plötzlich entdeckte ich einen anderen Vogel, der mit unruhigem Flügelschlag neben mir her flog. Und obwohl ich im Traum nur eine vage Vorstellung von meiner eigenen Gestalt hatte, wußte ich doch, daß jener dort von der gleichen Art war wie ich selbst. Schließlich erblickte ich hoch über uns einen Dritten. Sein Gefieder war von makellosem Weiß und er schien nahezu stillzustehen in der Luft, direkt vor der Sonne, so daß es aussah, als wäre er von einem leuchtenden Glanz umgeben.

Abermals sah ich nach unten auf die unbegreifliche Wasserlandschaft, als ich feststellen mußte, daß ich keine Flügel mehr besaß. Urplötzlich befand ich mich im freien Fall, raste mit atemberaubender Geschwindigkeit der Erde entgegen. Schon konnte ich das Plätschern des Flusses hören, von dessen Ufer ich mich erhoben hatte. Gerade als ich die Augen schloß und den Moment des tödlichen Aufpralls erwartete, erwachte ich. Mit klopfendem Herzen lag ich im Bett.

Den ganzen Morgen beschäftigten mich die intensiven Traumbilder und ich fragte mich, welches Erlebnis mein Unterbewußtsein wohl derart inspiriert haben mochte. Je weiter der Tag aber voranschritt, desto mehr verblaßte der Traum und meine Gedanken kehrten immer öfter zu der Begegnung mit July zurück. Im allgemeinen war es nicht meine Art, meine Lebensgeschichte vor wildfremden Menschen auszubreiten. Doch etwas war an dieser Frau, das mich zutiefst anzog, obwohl ich dieses Etwas nicht genau bestimmen konnte. Ich war nicht verliebt; das fühlte sich anders an. Nein, es war eher Faszination, die mein Denken beherrschte. Mit Spannung erwartete ich das bevorstehende Treffen.

Wie verabredet, fand ich mich am Abend bei der angegebenen Adresse ein. Die Gegend lag ein wenig außerhalb Londons, in Greenwich. Ich lief durch die Straßen des alten Dorfkerns, bis ich an einer engen Seitengasse anlangte. ,Angel's Path' stand in verschnörkelten Lettern auf dem Straßenschild. Ich schaute auf die Visitenkarte, die ich tags zuvor von July bekommen hatte. Ja, hier mußte es sein. Die Häuser waren alle weit älter als der Rest des Viertels. Sie erweckten geradezu den Anschein, als wäre vor ein paar hundert Jahren die Zeit stehengeblieben. Keine Menschenseele war zu sehen.

Langsam betrat ich das unregelmäßige Kopfsteinpflaster und mit jedem Schritt, den ich machte, wurden die Geräusche der umliegenden Straßen dumpfer. Zudem konnte ich mich des Eindrucks nicht erwehren, daß es irgendwie dunkler wurde. Nein, dunkler war nicht das richtige Wort. Vielmehr schien es so, als würden die Dinge um mich herum allmählich ihre Farbe verlieren und auf kaum merkliche Weise verblassen. Ich blickte hinauf in den Abendhimmel. Er war wolkenlos und strahlte in klarem Azurblau, das bereits in ein zartes Violett überging. Eigentümlich berührt lief ich weiter. Wie still es plötzlich war. Außer dem hohlen Klacken meiner Absätze war nichts zu hören. Die Gasse wurde immer schmaler und endete an einem kleinen Geschäft, über dem das Schild angebracht war, nachdem ich suchte: ‚Galerie Zeitlos‘.

In einem überaus liebevoll dekorierten Schaufenster war bis auf Augenhöhe stufenförmig ein nachtschwarzes, samtenes Tuch ausgelegt, auf dem die verschiedensten Arten von Uhren ausgestellt waren. Alles, was Menschen wohl je ersonnen haben, um das Verrinnen der Zeit zu messen, war hier zu finden: Sonnenuhren, Sanduhren, Wasseruhren, Pendeluhren, Taschenuhren und einige andere Modelle, deren Funktionsweise sich mir nicht immer gleich auf den ersten Blick offenbaren wollte. Sogar eine Kuckucksuhr fehlte nicht in dieser abstrusen Sammlung.

Rechts neben dem Schaufenster befand sich der Eingang, ein mit vielen Schnörkeln versehenes Holzportal, auf dem ein massiver Messingklopfer angebracht war. Als ich unmittelbar davor stand, drehte ich mich noch einmal um. Das menschenleere Gäßchen war nun in ein diffuses Dämmerlicht getaucht, das ihm eine geradezu verwunschene Atmosphäre verlieh. Offenbar behinderte die beengte Bauweise den Lichteinfall der Sonne. Anders konnte ich mir die ungewöhnlichen Lichtverhältnisse nicht erklären.

Ich betätigte den Klopfer. Ein gedämpftes Pochen erklang. Nichts rührte sich. Gerade als ich ein zweites Mal klopfen wollte, öffnete sich die Tür. Vor mir stand July. Sie war in ein enges, mit Spitzen besetztes schwarzes Kleid gehüllt. Um den Hals trug sie eine dünne Kette, deren wunderschöner goldener Anhänger ihren anmutigen Ausschnitt verzierte. Einige Sekundenbruchteile länger, als es der Höflichkeit entsprochen hätte, betrachtete ich voller Verzückung das liebliche Kleinod. Sie nahm meinen Blick sehr wohl wahr, ließ sich aber nichts anmerken.

„Guten Abend, Robin. Schön, daß Sie den Weg zu mir gefunden haben."

Mit einem etwas verlegenen Lächeln begrüßte ich sie. „Einen sehr außergewöhnlichen Ort haben Sie sich hier aber ausgesucht", bemerkte ich.

„Ja, das kann man allerdings sagen." Wiederum erstrahlte dieses unergründliche Funkeln in ihren Augen, das mich schon tags zuvor so fasziniert hatte. „Kommen Sie doch bitte herein!"

Sobald ich die Türschwelle übertreten hatte, wurde ich eines einzigartigen Anblicks gewahr. So beeindruckend die Exponate im Schaufenster auch gewesen sein mochten, sie stellten nur einen Vorgeschmack dessen dar, was sich mir nun in seinem gesamten Reichtum offenbarte: unzählige Uhren in jeglicher Form, Farbe und Größe, angetrieben von allen nur erdenklichen

Mechanismen. Sie hingen an Wänden, standen auf Podesten, in Regalen und Vitrinen. Es mußten Hunderte sein. Ihr Ticken und die anderen Geräusche, die sie von sich gaben, erklangen in einem lebhaften aber sanften Crescendo.

July wartete, bis sich meine erste Verwunderung gelegt hatte. „Kommen Sie ruhig ein wenig näher und schauen Sie sich alles aus der Nähe an", forderte sie mich auf. „Es sind einige wirklich schöne Stücke darunter."

Ich wußte kaum, wo ich mich zuerst hinwenden sollte, so überwältigt war ich von der unüberschaubaren Vielfalt. „Ich habe noch nie so viele unterschiedliche Uhren an einem Ort gesehen", sagte ich staunend. „Wie haben Sie die bloß alle zusammengetragen? Dafür müssen Sie doch Jahrzehnte gebraucht haben." Im selben Moment wurde mir klar, wie unsinnig meine Äußerung war. July war nicht älter als fünfunddreißig. Mit Sicherheit hatte sie das Geschäft geerbt oder anderweitig übernommen.

„Die meisten Menschen, die hier herkommen, reagieren so wie Sie", bemerkte sie mit einem Schmunzeln.

Ich fragte mich, wie es sich wohl anhören mochte, wenn all diese Uhren zur gleichen Zeit die volle Stunde erklingen ließen und war froh darüber, mich um einige Minuten verspätet zu haben.

„Darf ich Ihnen einen Tee anbieten?", fragte sie.

„Sehr gerne", antwortete ich. „Das wäre jetzt genau das Richtige."

Sie führte mich in das hinter dem Ausstellungsraum gelegene Zimmer. Mit Bewunderung folgte ich ihren grazilen Bewegungen, die mir schon bei unserer ersten Begegnung aufgefallen waren. Aber etwas war merkwürdig. Während ich sie anschaute, hatte ich den Eindruck, daß die Luft in ihrer unmittelbaren Umgebung von einer besonderen Weichheit erfüllt wäre, einer

Weichheit, die July an den Konturen ihrer zierlichen Figur geradezu unscharf erscheinen ließ. Ich zwinkerte einige Male mit den Augen, konnte die Illusion indes nicht vertreiben. Wahrscheinlich würde ich bald eine Brille brauchen.

Nachdem sie die Tür hinter sich geschlossen hatte, war von der eigenartigen Geräuschkulisse nichts mehr zu hören. Die plötzliche Stille war angenehm. „Nehmen Sie doch Platz!", sagte sie und deutete auf ein edles Lederkanapee. Auf dem beistehenden flachen Mahagonitisch, der in sanften Kerzenschein getaucht war, standen Tee und Gebäck bereit.

Der stilvoll eingerichtete Raum strahlte den Flair eines Herrenzimmers aus dem neunzehnten Jahrhundert aus. An den Wänden hingen Gemälde mit vorwiegend klassizistischen Motiven; neben dem Kamin, in dem ein Feuer leise vor sich hin knisterte, standen zu beiden Seiten große Messingkübel, in denen prachtvolle Zimmerpalmen ihre Wedel ausladend in den Raum erstreckten und durch die kunstvoll verzierten Bleiglasfenster drang das letzte Licht des Tages. Die gegenüberliegende Wand bestand aus einem einzigen massiven, dunklen Regal, das bis unter die Decke mit verschiedensten altertümlichen Büchern bestückt war. Sogar einige Folianten waren darunter. Ich wunderte mich darüber, daß July sich offenbar nur mit Dingen zu umgeben schien, die eine Aura längst vergangener Epochen um sich verbreiteten.

Als sie sich zu mir setzte, vermischte sich der dezente Duft ihres Parfums mit dem Geruch des frisch aufgebrühten Darjeelings. Was für eine bezaubernde Kombination. Sie schenkte uns ein.

„Schön haben Sie es hier", sagte ich. „Fast wie eine eigene kleine Welt."

„Ich habe mein eigenes Karussell", erwiderte sie. „Schon vergessen?"

„Und wohl auch Ihre eigene Zeit, wenn ich an all die Uhren denke."

Da war es wieder, dieses undefinierbare Funkeln in ihren Augen, das mich schon am Vortag so verunsichert hatte. „Verkaufen Sie viele der Stücke?", erkundigte ich mich.

„Die Uhren stehen nicht zum Verkauf. Jede einzelne hat ihren festen Platz in meiner Galerie. Und alle zusammen bilden eine Einheit, ein Denkmal für die Flüchtigkeit des Moments."

Ihre ominöse Antwort befremdete mich ein wenig. „Sie meinen, Sie führen hier so eine Art Museum?"

„So könnte man es ausdrücken." Dabei warf sie mir einen verschwörerischen Blick zu, den ich nicht zu interpretieren wußte. „Eines für besondere Anlässe."

Ehe ich auf ihre Bemerkung eingehen konnte, fuhr sie fort. „Die Geschichte, die Sie mir gestern erzählt haben, hat mich sehr gerührt."

„Na ja, sie hat nicht gerade das, was man ein ‚Happy End' nennt, nicht wahr?"

„Nein, das hat sie nicht. Aber würden Sie ihr eines geben, wenn Sie könnten?"

Abermals stieg mir der anmutige Duft ihres Parfums in die Nase. „Wie meinen Sie das?"

„So, wie ich es sage. Wenn Sie die Kraft hätten, das Schicksal zu verändern, Geschehenes ungeschehen zu machen, würden Sie es tun?"

Was für eine merkwürdige Frage. Was wollte sie jetzt von mir hören? „July, die Dinge sind, wie sie sind. Die Zeit läßt sich nicht zurückdrehen."

„Woher wissen Sie das denn so genau? Haben Sie es je versucht?", fragte sie in sanftem Ton.

„Nein, natürlich nicht", gab ich etwas gereizt zurück. Ihr Parfum raubte mir fast die Sinne. Es war so zart und doch so betörend. Ich konnte mich kaum mehr auf das Gespräch konzentrieren. Mir wurde heiß und ich hatte das Gefühl, keine Luft zu bekommen. „Die Zeit ist ein stetiger Fluß", sagte ich schwer atmend. „Nichts kann ihn aufhalten oder umkehren. Verpaßte Chancen kommen nicht zurück."

July schien mein Unwohlsein zu bemerken. „Geht es Ihnen nicht gut?", fragte sie besorgt. „Kommen Sie mit ans Fenster. Etwas frische Luft wird Ihnen gut tun."

Sie nahm mir die Tasse aus der Hand und führte mich zu dem großen, besonders reich verzierten Bleiglasfenster in der Mitte der Wand. Doch als sie es geöffnet hatte, stockte mir förmlich der Atem und die Luft, die mir aus unerfindlichen Gründen vorher schon knapp geworden war, ging mir nun vollends aus. Anstelle des erwarteten Anblicks einer Straße oder eines Hinterhofs schaute ich auf ein endloses Meer nachtschwarzer Dunkelheit, gesprenkelt von millionen und abermillionen funkelnder Sterne und Galaxien. Nach einigen Sekunden, in denen ich selbst das Atmen vergessen hatte, blickte ich an dem Fenster herunter, hinter dem ich stand. Auch dort: nur schwarze Unendlichkeit, keine Spur von Mauerwerk oder Erdboden. Dieses hübsche Bleiglasfenster, welches das Kaminzimmer eines kleinen alten Häuschens im Londoner Vorort Greenwich zierte, hing geradewegs im Nichts. „July...", raunte ich, unfähig den überwältigenden Anblick zu kommentieren. Schwindel überkam mich und tausende von Welten begannen, wie wild um mich herum zu tanzen. Schnell wandte ich mich ab von diesem verwirrenden Universum und blickte stattdessen in Julys liebreizendes Gesicht. Doch auch in ihren Augen spiegelte sich jenes Meer aus Sternen wider und ich versank aufs Neue in unauslotbaren Tiefen.

„Glauben Sie an Engel, Robin?"

Alles drehte sich um mich. „Was?", fragte ich bestürzt. Dabei fiel mein Blick auf den herrlichen Anhänger um ihren Hals, der nunmehr in geradezu überirdischem Glanz zu erstrahlen schien. Und während die Welt um mich herum in einem wirbelnden Chaos unterging, wurde er zu einem beruhigenden Fixpunkt. Wie aus weiter Ferne vernahm ich zum letzten Mal Julys Stimme: „Denken Sie immer daran. Das Leben ist das, was man daraus macht." Dann verlor ich die Besinnung.

Weggefährten

We live our separate lives while counting all the days
Till the two of us arrive in another time and place
We share the same thoughts, we read the same lines
We meet on sad occasions and in happier times

< Alan Parsons Project - „Separate Lives" >

Dunkelheit. Langsam öffnete ich die Augen. Verschwommen konnte ich grelle Lichter erkennen, die vor mir einen wilden Tanz aufführten. Mir war warm und ich fühlte mich benommen. Was war geschehen?

Ich schloß die Augen wieder und gab mir einige Sekunden zur Orientierung. Als ich sie das nächste Mal öffnete, schaute ich direkt in ein loderndes Feuer. Ein Kamin. Langsam kehrte die Erinnerung zurück. Die Einladung zum Tee, der Blick aus dem Fenster. Ich war ohnmächtig geworden. Erst jetzt bemerkte ich, daß ich auf dem Boden lag. Irritiert schaute ich mich um. Das Feuer war die einzige Lichtquelle und ich brauchte einen Moment, um mich an das Halbdunkel des Zimmers zu gewöhnen. Irgend etwas stimmte nicht. Träge wie Sirup flossen meine Gedanken. Ich zwang mich zur Konzentration. Noch einmal musterte ich meine Umgebung. Das war nicht Julys Haus. Aber wenn ich nicht bei ihr war, wo war ich dann?

Schlagartig wurde ich mir der Anwesenheit eines anderen Menschen bewußt. Mir gegenüber saß reglos ein Mann auf einem Stuhl. Sein Kinn war ihm auf die Brust gesunken. Offensichtlich schlief er. Neben ihm stand ein kleiner Beistelltisch, darauf eine halb leere Whiskyflasche. Bedächtig erhob ich mich und näherte mich vorsichtig dem Mann. Dabei registrierte ich, daß er nicht auf einem gewöhnlichen Stuhl saß. Es war ein Rollstuhl. In dem schwachen Licht war sein Gesicht kaum zu erkennen, trotzdem kamen mir seine Züge bekannt vor. Je länger ich ihn betrachtete, desto mehr beschlich mich ein unheimliches Gefühl. Die Nase, der Mund, seine Augenbrauen. Ich brachte mein Gesicht ganz nah an das seine. Das konnte doch nicht sein! Einen Augenblick lang schien sich der Boden unter meinen Füßen zu drehen und die Realität um mich herum in einem chaotischen Wirbel zu versinken. Es gab einen guten Grund, warum mir dieses Gesicht so vertraut vorkam, denn ich erblickte es jeden Morgen beim Rasieren im Spiegel. Der Mann war mein perfektes Ebenbild, ein Doppelgänger.

Ich konnte nicht aufhören, ihn anzustarren. Mir fiel auf, daß sich seine Erscheinung - entgegen meinem ersten Eindruck - in verschiedenen Kleinigkeiten von meiner unterschied. So hatte er eine mehrere Zentimeter lange Narbe über dem rechten Auge. Einst mußte er dort eine tiefe Schnittwunde davongetragen haben. Zudem schien sein Haar an den betreffenden Stellen eine Nuance grauer zu sein als meins. Nicht zuletzt wirkte er etwas älter als ich. Oder nein, nicht älter, „verbrauchter" traf es eher. Ich trat einen Schritt zurück. Es mußte eine vernünftige Erklärung für all das geben.

Unversehens fiel mein Blick auf das über dem Kamin hängende Bild, ein Gemälde. Mir stockte der Atem und für den Bruchteil einer Sekunde schien der Schlag meines Herzens auszusetzen. Dana!

Was zur Hölle wurde hier gespielt? Wer war der Kerl? Und warum hing ein Bild von Dana in seinem Wohnzimmer? Hatte er vielleicht ein Verhältnis mit ihr gehabt, nachdem wir uns getrennt hatten?

In diesem Moment begann mein Doppelgänger im Schlaf zu stöhnen. Wahrscheinlich hatte er einen Alptraum. Sicher würde er gleich aufwachen. Das traf sich gut. Ich hatte ein paar Fragen, auf die ich Antworten wollte. Und das möglichst bald. Intensiv betrachtete ich sein Gesicht. Seine Augen zuckten wie wild hinter den geschlossenen Lidern. Ohne Vorwarnung ertönte plötzlich ein gellender Schrei aus seiner Kehle. „Helèn!" Diese Entwicklung traf mich dermaßen unvorbereitet, daß ich zusammenzuckte. Mit weit aufgerissenen Augen starrte mein Doppelgänger ins Feuer. Er atmete schwer. Er schien so sehr mit sich selbst beschäftigt zu sein, daß er von mir gar keine Notiz nahm. Ich beschloß, ihn anzusprechen.

„Hey!", rief ich.

Erschrocken drehte er sich in meine Richtung. „Was? Wer sind Sie? Was machen Sie her?" Sogar seine Stimme klang wie meine.

„Das würde ich gerne von Ihnen erfahren", entgegnete ich.

„Wie bitte?", erwiderte er aufgebracht. „Sie brechen in mein Haus ein und fragen mich zu welchem Zweck. Sind Sie irre, Mann?" Seine Erregtheit schien echt zu sein. Offenbar war er genau so überrascht wie ich. Die ganze Sache wurde immer mysteriöser.

„Immer mit der Ruhe!", versuchte ich ihn zu beschwichtigen. „Offensichtlich befinden wir uns beide in einer etwas prekären Situation." Wortlos blickte er mich an. „Genau wie Sie habe ich nämlich keine Ahnung, wie ich herkomme und was ich hier mache."

„Wovon reden Sie eigentlich?", wollte er wissen.

„Ich rede davon, daß ich nicht weiß, wo ich bin."

„Sie sind wirklich irre."

So kamen wir nicht weiter. „Okay!", versuchte ich es

erneut. „Schauen Sie in mein Gesicht!" Dabei trat ich weiter in den Schein des Feuers.

„Was?"

„Und schauen Sie genau hin!"

Er musterte meine Züge. Ich konnte sehen, wie seine Erregung in Verwunderung umschlug. Nein, dieser Mann spielte mir nichts vor. Er war genauso verwirrt wie ich.

„Wer sind Sie?", flüsterte er.

„Mein Name ist Robin", antwortete ich. „Robin Avaland."

Er wurde bleich. „Hören Sie!" Seine Stimme bebte vor aufkommender Wut. „Ich weiß nicht, was für ein Spiel Sie spielen. Es ist mir auch egal. Verschwinden Sie einfach!"

Nun war es an mir, die Beherrschung zu verlieren. „Jetzt hören Sie mir mal zu! Ich glaube Ihnen, daß Sie wirklich nicht wissen, was hier vor sich geht. Mir geht es genauso, ob Sie es wahrhaben wollen oder nicht. Aber in einem können Sie sicher sein. Ich werde nicht eher verschwinden, bevor ich nicht einige Antworten bekommen habe. Und Sie sind mein Schlüssel dazu."

Meine Reaktion verfehlte ihre Wirkung nicht, denn etwas in ihm entschied sich offenbar dafür, mir ebenfalls Glauben zu schenken - zumindest für den Moment. „Sie sagen, Ihr Name sei Robin Avaland?", fragte er in grimmigem Ton. „Nun, meiner auch."

Ich war verdutzt. Nichtsdestotrotz, so wie er bereit war, mir zu vertrauen, so war auch ich bereit, das Unfaßbare zu akzeptieren. Vorerst. „In Ordnung. Lassen Sie mich das kurz verdauen. Sie sehen aus wie ich, Sie sprechen wie ich und Sie tragen den gleichen Namen wie ich." Ich überlegte kurz. „Scheint so, als hätten wir einiges gemeinsam", versuchte ich die Anspannung ein wenig zu entschärfen.

„Nur, daß Sie nicht im Rollstuhl sitzen", bemerkte er trocken.

Offenbar war Humor nicht die richtige Art, mit der Situation umzugehen. Ich überlegte kurz. „Gut, lassen Sie uns das Unmögliche in Betracht ziehen. Es scheint, als wären wir in gewisser Hinsicht die gleiche Person. Doch so ähnlich wir uns einerseits sein mögen, so gibt es doch auch Unterschiede zwischen uns." Ich machte ihn auf meine Beobachtungen aufmerksam. „Wir sind der gleiche und doch sind wir es nicht." Er blickte mich nur stumm an. „Und da ist noch etwas", fuhr ich fort. „Dieses Bild über Ihrem Kamin. Wer ist das?"

Er schwieg einige Sekunden, bevor er antwortete. „Meine Frau. Sie ist tot. Ihr Name war Helèn."

Mir war, als hätte mir jemand einen Schlag in die Magengrube versetzt. Danas Zweitname war Helèn. „Erzählen Sie mir von ihr!", bat ich ihn.

„Hören Sie! Sie mögen aussehen wie ich und Sie mögen meinen Namen tragen. Aber das gibt Ihnen nicht das Recht in meinem Privatleben herumzuschnüffeln."

„Bitte!", flehte ich. „Sie ist vielleicht der Grund für das hier."

Nach kurzem Zögern begann er, die Geschichte seines Lebens zu erzählen. Er berichtete von der Frau, die er geliebt und die er beinahe verlassen hatte, um hinauszuziehen in die Welt, sich dann aber dagegen entschieden und stattdessen die Liebe seines Lebens geheiratet hatte. Und er sprach von dem tragischen Unfall, der seiner Frau das Leben gekostet und ihn zum Krüppel gemacht hatte.

Ich folgte jedem Wort mit gebannter Faszination. Als er geschlossen hatte, sagte ich eine Weile gar nichts. Zu sehr war ich von dem gefangen, was diese Geschichte implizierte. „Du bist ich", brachte ich schließlich hervor. Meine Stimme war nicht mehr als ein leises Krächzen.

„In Ordnung!", sagte er. „Ich habe mein Leben vor Ihnen ausgebreitet und offensichtlich haben Sie etwas darin entdecken können. Was ist es?"

Es fiel mir schwer, die richtigen Worte zu finden, die Ungeheuerlichkeit dessen zu formulieren, was ich zu wissen glaubte.

„Nun reden Sie schon!", fuhr er mich an.

Also gab auch ich die Geschichte meines Lebens zum Besten, so wie ich sie tags zuvor July erzählt hatte. Ich ließ nichts aus. Und bis zu einem gewissen Punkt glichen sich unser beider Beschreibungen wie ein Ei dem anderen. Als ich geschlossen hatte, verfielen wir beide in Schweigen.

Wir mußten einige Minuten so dagesessen haben, als mein Alter ego das Wort ergriff: „Du willst also behaupten, wir sind die gleiche Person bis zu einem gewissen Punkt in der Zeit?"

„Ja", bestätigte ich. „Und ab diesem Zeitpunkt gibt es uns zweimal. Dich, der du Helèn geheiratet hast und mich, der ich Dana verlassen habe."

„In deiner Welt lebt sie noch?", fragte er.

„Ja, sie wohnt in London, soweit ich weiß. Aber ich habe schon lange nichts mehr von ihr gehört."

Er nickte stumm. „Wie konntest du sie verlassen?" Der Vorwurf in seiner Stimme war unüberhörbar.

„Du kennst die Antwort", erwiderte ich. „Du warst ich. Du hast genauso gedacht, genauso gefühlt wie ich. Auch du wolltest aufbrechen, wolltest deine Freiheit leben. Du kennst jeden einzelnen Gedanken, der mir durch den Kopf gegangen ist, kennst jeden verborgenen Wunsch, den ich ersehnt habe."

„Trotzdem habe ich mich anders entschieden."

In diesem Augenblick manifestierten sich all die Zweifel, die ich schon seit Jahren mit mir herumtrug, in grenzenlosem Neid. „Ja, das hast du." Ich beneidete diesen Mann, der da in seinem Rollstuhl vor mir saß, um jede Stunde, die er mit Dana hatte verbringen dürfen, während ich einsam umhergezogen war.

Als hätte er meine Gedanken gelesen, sagte er plötzlich: „Ich beneide dich."

Ich war verblüfft. „Du beneidest mich? Dafür gibt es keinen Grund. Ich bin ein fußlahmer Weltenbummler, zerfressen von Selbstzweifeln. Warum solltest du mich beneiden? Ich beneide dich, denn du hast damals die richtige Entscheidung getroffen."

Er schaute mir direkt in die Augen. Da lag eine Kälte in seinem Blick, die mich frösteln ließ. „Du verstehst es wirklich nicht, oder?"

Ich wußte nicht, was er meinte.

„In deiner Welt LEBT sie noch." Seine Stimme hatte einen Unterton, der Wasser zu Eis hätte gefrieren lassen.

Ich war wie gelähmt. Das war es also! Deshalb war ich hier, deshalb hatte mein Schicksal das Unmögliche möglich gemacht. Einzig, um mir die Augen zu öffnen. Mit offenem Mund starrte ich ihn an, unfähig auch nur ein Wort herauszubringen.

Plötzlich flammte etwas in seinen Augen auf, ein Ausdruck, den ein verwundetes Tier im Angesicht des Jägers haben mochte, kurz bevor es zu einem letzten verzweifelten Versuch ansetzte, sein Leben zu retten, eine wilde, ungezügelte Hoffnung. „Nimm' mich mit in deine Welt", raunte er. Seine Stimme zitterte. „Das wäre meine zweite Chance."

Ich war schockiert. Die fiebrig glänzenden Augen des Mannes sahen mich flehentlich an, fixierten mich geradezu. Einen Moment lang schien er am Rande des Wahnsinns zu stehen. „Bitte, nimm' mich mit! Ich gebe dir, was du willst, aber nimm' mich mit! Hier ist mein

Leben nichts mehr wert. Eigentlich bin ich schon tot. Aber in deiner Welt...", und diesmal blickten seine Augen entrückt ins Leere, „...ist SIE noch am Leben." Erneut traf mich sein bohrender Blick. Anstelle des vorüberziehenden Wahnsinns loderte nun grimmige Entschlossenheit darin auf. „Nimm' mich mit!", wiederholte er mit Nachdruck.

Ich mußte schlucken. Dieser Mann, er, ich... hatte Dana oder auch Helèn wirklich geliebt. Er hatte zu ihr gestanden, war bei ihr geblieben, wollte ein Leben mit ihr führen. Von einer Sekunde auf die nächste wurde ich von zutiefst empfundener Scham überkommen. War ich eigentlich verrückt gewesen, das alles aufzugeben für ein einsames Leben voller Zweifel? Ich schwöre, hätte ich in diesem Moment die Macht besessen, ich hätte ihn mitgenommen, hätte ihm seine zweite Chance gegeben. Stattdessen wich ich seinem Blick aus. Tonlos sagte ich: „Ich kann nicht. Ich weiß ja nicht einmal, wie ich hier hergekommen bin, geschweige denn, ob und wie ich wieder zurückkomme. Es tut mir leid, es geht nicht."

Für die Dauer eines Herzschlags schien es, als wollte er mich aus dem Rollstuhl heraus anspringen. Doch dann siegte düsteres Verständnis über die irrationale Hoffnung. In seinen Augen erlosch das Feuer und ein fahler Schleier schien sich darüber zu legen. Kraftlos schrumpfte er in sich zusammen. Von einer Sekunde auf die nächste wirkte er müde und alt. „Du hast Recht", sagte er verbittert. „Ich erkenne es jetzt. Das ist nicht mein Weg. Es ist deine zweite Chance."

Verwirrt schaute ich mein Alter ego an. Was meinte er? Und plötzlich zündete auch in mir der Funke des Verstehens. Natürlich! Das, woran ich nie geglaubt, was ich nie ernsthaft in Betracht gezogen hatte, schien mit einem Mal so naheliegend: Zurückzugehen zu Dana.

Ich mußte an Julys letzte Worte denken: „Das Leben ist das, was man daraus macht." Sie hatte Recht. In meiner Welt hatte ich noch immer alle Möglichkeiten. Und July? Wer war sie? Was war sie? Eine Gehilfin des Schicksals? Eine Botin Gottes? Beschämt blickte ich auf das bemitleidenswerte Geschöpf, das abwesend und zusammengesunken in seinem Rollstuhl saß. Er hätte eine zweite Chance mehr verdient als ich. Und dennoch war ich es, dem sie gegeben war.

Just in dem Augenblick, in dem ich das erkannte, veränderte sich alles um mich herum. Erst langsam, kaum merklich, dann immer stärker begann die Realität vor meinen Augen zu verschwimmen. Die Luft flimmerte und der durchscheinende Boden unter meinen Füßen erzitterte. Es schien, als sei das Universum aus dem Takt gekommen. Das ist meine Rückfahrkarte, schoß es mir durch den Kopf, bevor ich das zweite Mal an diesem Tage ohnmächtig wurde.

Regenbogentag

If life is a river and your heart is a boat
And just like a water baby, baby born to float
And if life is a wild wind that blows way on high
And your heart is amelia dying to fly
Heaven knows no frontiers and I've seen heaven in your
eyes

< Mary Black - „No Frontiers" >

Die Begegnung mit seinem Doppelgänger hatte Robin zu
tiefgründigem Nachdenken angeregt. Wieviele andere
Welten in anderen Zeiten mochte es da draußen noch
geben? Wieviele Robins und wieviele Helèns? Wenn er
sich all die folgenschweren Entschlüsse vor Augen hielt,
die er im Laufe seines Lebens getroffen hatte und wenn
jede dieser Entscheidungen eine Alternativwelt hervorgebracht hatte, dann mußten es ziemlich viele sein,
ZIEMLICH viele. Ihm wurde schwindelig bei der
Vorstellung, daß solch eine Vielschichtigkeit möglicherweise für alle Menschen, ja vielleicht sogar für alle
Lebewesen im Universum gelten könnte. „Der Kerl ist
ein verdammter Glückspilz", murmelte er vor sich hin
und bedachte seinen Doppelgänger mit zutiefst empfun-
denen Neid. Wieviele Menschen hatten schon die
Möglichkeit, sich die Konsequenzen ihres Handelns auf
so eindrucksvolle Weise vor Augen führen zu lassen?
„Ein verdammter Glückspilz", wiederholte er.

Doch so sehr er sein Alter ego auch beneidete und so
sehr ihn die Erkenntnis, daß ein anderer vom Schicksal
eine Chance bekam, die eigentlich ihm hätte zustehen

müssen, getroffen hatte, so hatten die Vorkommnisse in anderer Hinsicht seine Perspektive auch zum Guten gewandelt. Was er in seinen Träumen geahnt und entgegen aller Vernunft in seinem Innern immer gehofft hatte, stellte sich in gewisser Weise als wahr heraus. Seine Frau war nicht wirklich tot. In einer anderen Zeit, einer parallelen Wirklichkeit lebte sie noch oder zumindest ein Teil von ihr. Die Absolutheit des Lebens und auch die des Todes hatten ihre Bedeutung verloren. Und mit dieser Erkenntnis kam die Hoffnung, daß auch seine Helèn in einer anderen Welt fort existierten mochte. Vielleicht würde er ihr ja eines Tages wieder begegnen.

Der nächste Morgen zeigte sich von seiner besten Seite. Die Sonne schien in Robins Schlafzimmer und weckte ihn. Er blickte kurz aus dem Fenster. Es würde ein schöner Tag werden.

Robin fühlte sich gut. So, wie der Sonnenschein sein Zimmer erhellte, so brachte er auch in seiner Seele etwas zum Leuchten. Jener Bereich seiner Selbst, den er vor Jahren in tiefem Schmerz und düsterster Trauer versenkt hatte, erstrahlte ganz allmählich in neuem Glanz. Die Depressionen wichen von ihm. Fast verspürte er so etwas wie Heiterkeit. Er dachte an Anny. Auch sie hatte ihren Teil dazu beigetragen, das Fenster zu seiner Seele einen Spalt weit zu öffnen. Im Geiste dankte er ihr dafür.

Einem plötzlichen Impuls folgend, setzte er sich an den Schreibtisch und nahm Papier und Stift zur Hand. Er würde ihr einen Brief schreiben, würde versuchen, Anny das, was er entdeckt hatte, die Vielfältigkeit des Seins und all die unbegrenzten Möglichkeiten, begreiflich zu machen. Sie würde es verstehen, dessen war er sicher. Schließlich war sie diejenige, die es fertig brachte mit einem Pinsel und etwas Farbe ganze Welten entstehen zu lassen, Welten die auf der selben Leinwand frei neben-einander existierten. Ihre Bilder waren ihre Schöpfung. Und so, wie sie seinen Blick für die Perspektiven ihrer Bilder geschärft hatte, so würde er ihr eine Perspektive auf das Gemälde des Lebens geben.

Unweigerlich fragte sich Robin, wer wohl der Maler solch eines imposanten Bildes sein mochte. Wie mochte er aussehen, was mochte er denken? Ob er seine Bilder auch in einer Galerie ausstellte, die sich in einer Welt befand, die ihrerseits nur Farbe auf einer Leinwand war, die in einer Galerie hing, in einer Welt, die....

Nachdem der Brief an Anny geschrieben war, wollte er das Grab seiner Frau besuchen. Helèn lag auf dem kleinen St. James Friedhof, nicht weit von seiner Woh-nung entfernt. Als er seinen Rollstuhl aus der Haustür manövriert hatte, atmete er tief durch und füllte seine Lungen mit soviel frischer Luft, wie er es seit Ewigkeiten nicht mehr getan zu haben schien. Unterwegs warf er den Brief in den Postkasten und kaufte noch einen Blumenstrauß.

Schon lange hatte er nicht mehr solch eine Gelassenheit verspürt wie heute. Fast fühlte er sich wie damals, als er nach Wochen der Unentschlossenheit, in denen er mit dem Gedanken gespielt hatte, Helèn zu verlassen, endlich eine Entscheidung getroffen hatte...

Innerlich zerrissen hatte er sich seinerzeit von einem Tag zum nächsten geschleppt. Wankelmütig, zögerlich, un-schlüssig. Bis sich das ereignete, wodurch der Weg, den er fortan gehen wollte, so klar vor seinem geistigen Auge erschien, als hätte sich zu seinen Füßen ein Pfad aus flüssigem Licht aufgetan: In Gedanken versunken war er durch die Straßen Londons gelaufen, immer und immer wieder die Optionen, die sich ihm boten, gegeneinander abwägend. Freiheit oder Liebe? Ungebundenheit oder Verantwortungsbewußtsein? Einsamkeit oder Zweisamkeit? Stundenlang war er manchmal so unterwegs gewesen, ohne seine Umgebung auch nur wahrzunehmen, geschweige denn, sie eines Blickes zu würdigen. Unbarmherzig wie kleine Teufel trieben ihn seine Grübeleien voran und ließen ihn nicht zur Ruhe kommen.

Auf einem seiner Spaziergänge schließlich erreichte er eines Morgens jene im allgemeinen wenig befahrene Kreuzung, auf der seiner Unentschlossenheit ein jähes Ende gesetzt werden sollte. Mit einem kurzen Blick zur Seite hatte er die Straße betreten, ohne daß sein Gehirn sich wirklich damit beschäftigt hätte, was seine Augen ihm übermittelten. So hatte er das mit überhöhter Geschwindigkeit heranrasende Auto einfach übersehen. Ähnlich erging es dem Fahrer des Wagens, einem übermüdeten Geschäftsmann, der nach einer ausschweifenden Nacht in einem eher zweifelhaften Etablissement unbedingt das Flugzeug erreichen wollte, das ihn heim zu seiner eifersüchtigen Ehefrau bringen sollte. Die folgende Begegnung hatte Robin mit der vollen Wucht eines mit quietschenden Reifen bremsenden '87 Ford Kabrios getroffen. Dabei wurde er über die Motorhaube geschleudert und prallte in voller Körperlänge auf die berstende Windschutzscheibe. Als der Wagen gleich darauf zum Stehen kam, rutschte er wieder zurück auf die Straße und blieb einige Sekunden benommen am Bordstein liegen.

Das erste was er sah, als er die Augen öffnete, war das bestürzt dreinblickende Gesicht des Kabriofahrers. Verständnislos schaute Robin ihn an. In seinem Hirn hämmerte nur ein einziges Wort. „Helèn!" Wie hatte er nur so dumm sein können, auch nur einen Gedanken daran zu verschwenden, sie zu verlassen? Was hoffte er denn in der Fremde zu finden, das er nicht schon hatte? Und wie schnell hätte hier und jetzt alles vorbei sein können, ohne daß er noch einmal Gelegenheit gehabt hätte, in ihr liebliches Gesicht zu schauen.

Inzwischen hatte sich eine Menschenmenge um den Unfallort versammelt. Vereinzelt wurden Rufe nach der Polizei und einem Krankenwagen laut, während der ungesund bleiche Fahrer des Kabrios irgend etwas von seiner Versicherung und einem Flugzeug stammelte. Robin war an all dem überhaupt nicht interessiert. Ein wenig wackelig erhob er sich und klopfte sich abwesend den Schmutz von den Sachen. Wie durch ein Wunder war ihm, abgesehen von einigen Schrammen an Armen und Beinen, nichts geschehen. Leicht benommen setzte er sich in Bewegung und bahnte sich einen Weg durch die immer größer werdende Menge. „Hey, wo wollen Sie denn hin?", rief ihm der Fahrer des Wagens nach. Aber Robin würdigte ihn keiner Antwort. Zu sehr war sein Denken auf ein einziges Ziel gerichtet: Helèn! Er mußte zu ihr, mußte ihr sagen, daß er sie liebte und daß er für immer bei ihr bleiben wollte.

Jetzt, da er sich die damaligen Geschehnisse vor Augen hielt, fragte er sich, ob es wohl dieser Unfall gewesen sein mochte, der seinen Doppelgänger die gegenteilige Entscheidung hatte treffen lassen. Möglicherweise hatte er, die eigene Sterblichkeit so dicht vor Augen, seiner Sorge, in der wilden, weiten Welt etwas zu verpassen, nachgegeben und Helèn dafür verlassen. Je mehr er darüber nachdachte, desto mehr erschien ihm der Unfall als Schlüsselerlebnis und er identifizierte ihn für sich selbst als den Scheideweg, den wahrscheinlichsten Punkt in der Zeit, an dem sein Leben und das seines Alter egos sich getrennt haben mochten.

Wie es ihm wohl ergangen war? Ob er zurückgekehrt war in seine Welt und zu seiner Helèn gefunden hatte? Robin wünschte es ihm. Der Neid, den er empfunden hatte, war verblaßt. Stattdessen war er erfüllt von einer Sympathie für seinen Zeitzwilling, die er sich selbst kaum erklären konnte. Doch damit nicht genug. Auch die Gelassenheit, die er bis vor kurzem noch verspürte, wandelte sich allmählich in Wohlbehagen. Ja, er wurde sogar von einer unbestimmten Fröhlichkeit überkommen bei dem Gedanken, auf den Friedhof zu gehen und Blumen auf Helèns Grab zu legen. Wie konnte dieser Ort der ewigen Trauer nur solcherlei positive Emotionen in ihm auslösen?

So sehr sich seine Ratio auch dagegen sträubte, sein Frohsinn hielt an, steigerte sich sogar zu einer ihm völlig unerklärlichen Aufbruchstimmung. Außerdem hatte er das starke Gefühl, nach etwas Ausschau halten zu müssen. Suchend schaute Robin sich um. Da war es. Hoch über ihm, eingerahmt von makellosem Blau, sah er das Zeichen, von dem er bis eben nicht gewußt hatte, daß er schon so lange darauf wartete: ein leuchtender Regenbogen. Und da er sich in all den vergangenen Jahren über nichts Schönes hatte freuen können, blickte er voller Begeisterung in den Himmel und bewunderte staunend das Geflecht aus Licht, in dem alle Farben des Spektrums miteinander verschmolzen.

‚Take it easy...' klangen lautstark die ‚Eagles' aus dem Autoradio des Mannes, der - angespornt durch die rhythmischen Klänge - schon seit geraumer Zeit etwas schneller fuhr, als es die Straßenschilder eigentlich vorschrieben. Seine gute Stimmung wurde noch ver-bessert durch das farbenprächtige Schauspiel, das sich ihm bot, als er in die kleine Straße vor dem St. James

Friedhof einbog, denn es war ein besonders schöner Regenbogen, der dort oben das gesamte Firmament in buntes Licht zu tauchen schien.

Einen Moment lang war der Fahrer des Wagens von dem faszinierenden Anblick abgelenkt, lang genug, um den Rollstuhlfahrer zu übersehen, der unmittelbar vor ihm die Fahrbahn überquerte. Als er schließlich mit aller Kraft auf die Bremse trat, da war es bereits zu spät. Wie ein riesiges Geschoß raste der Wagen auf Robin zu, der just in diesem Augenblick den Kopf zur Seite drehte und für den Bruchteil einer Sekunde direkt in die weit aufgerissenen Augen des erschrockenen Mannes blickte. Der hätte später schwören können, daß der Mann im Rollstuhl sanft gelächelt hatte.

Als der unvermeidliche Zusammenstoß kam, gab es kaum mehr als ein dumpfes Scheppern. Dennoch reichte die Wucht des Aufpralls aus, den Rollstuhlfahrer mehr als zehn Meter über die Straße zu schleudern. Das letzte, was Robins gebrochene, zum Himmel gerichtete Augen sahen, waren die leuchtenden Farben des Regenbogens.

Heimkehr

Dunkelheit. Langsam öffnete ich die Augen. Verschwommen konnte ich grelle Lichter erkennen, die vor mir einen wilden Tanz aufführten. Mir war warm und ich fühlte mich benommen. Was war geschehen?

Ich schloß die Augen wieder und gab mir einige Sekunden zur Orientierung. Als ich sie das nächste Mal öffnete, schaute ich direkt in ein loderndes Feuer. Ein Kamin. Mit dem eigentümlichen Eindruck eines Déjàvus kehrte die Erinnerung zurück: die Einladung bei July und die Begegnung mit meinem Alter ego.

Ich lag auf dem Boden. Mit wackeligen Beinen stand ich auf. Wo war ich? Ich blickte mich um. Das war das Herrenzimmer, in dem July und ich Tee getrunken hatten, doch gleichzeitig war es das nicht. Es gab keine Möbel, keine Bilder verzierten die Wände und auf dem Boden lag der Staub von Jahren. Spuren waren nicht zu sehen, nicht einmal meine eigenen. Aber eigentlich hatte ich die auch nicht erwartet, denn irgendwie war mir klar, daß ich nicht zu Fuß in diesen Raum gekommen war. Ich fragte mich, wer wohl das Kaminfeuer entzündet hatte. Oder sollte ich besser fragen, wann? Indes, die ganze Situation war völlig abstrus. Was machte da schon ein brennendes Kaminfeuer, wo eigentlich keines sein sollte? Nichts.

Ich rief mir die Worte des alten Mannes ins Gedächtnis. Bald schon würde ich es verstehen, hatte er gesagt. Ich müßte nur lernen, die Zeichen zu deuten, um das Bild zu erkennen. So deutete ich die Zeichen: ein unerklärliches Gefühl der Traurigkeit, das aus einer anderen Dimension zu mir herüberschwappte - ein Buch ohne Titel, dessen Autor kurze Einblicke in Welten jenseits des Horizonts erhascht hatte - ein Traum, der mich über all jene Welten erhob. Und mit erschreckender Klarheit offenbarte sich mir das angekündigte Bild. Es zeigte mir abermals jene Landschaft, die in alle Richtungen von einem unüberschaubaren Netz silbrig schimmernder Wasserläufe durchzogen war, am Horizont in einem feinen Nebel verschwindend. Ich sah reißende Ströme und plätschernde Bächlein durch anmutige Täler und über fruchtbare Wiesen ebenso wie durch öde Wüsten und düstere Moore fließen.

In diesem Moment war mir klar, daß ich die Natur dessen erschaute, was Menschen gemeinhin ‚Leben‘ nennen. Ich verstand, daß einer der Flüsse zu mir gehörte und ich zu ihm. Wir bildeten eine vollkommene Einheit, untrennbar miteinander verbunden. Auch verstand ich, daß gar nicht weit entfernt einer der anderen Flußläufe die Existenz meines bemitleidenswerten Doppelgängers im Rollstuhl kennzeichnete und daß es so wie ihn und mich noch unzählige weitere gab, die meinen Namen trugen. Denn eigentlich waren wir alle der Gleiche, unterschieden uns lediglich in den Konsequenzen der Entscheidungen, die wir an bestimmten Stellen unseres Daseins getroffen hatten, und dem, was sie aus uns gemacht hatten. So lebten wir also in zahllosen parallelen Welten, ohne voneinander zu wissen oder einander zu bemerken.

War es das, was Beckett gefunden hatte? Hatten sich darauf seine geheimnisvollen Andeutungen bezogen, auf die Vielfältigkeit des Seins, möglicherweise sogar auf die Gleichzeitigkeit allen Seins? Eine Beschreibung aus Becketts Biographie kam mir in den Sinn: *Ich erkannte, daß derjenige Teil meiner Selbst, der dieses eine Leben führte nur ein Bruchstück dessen war, was mich als Ganzes ausmachte.*

Nachdem ich also die Zeichen gedeutet und das Bild erkannt hatte, ergab das, was sich mir zuvor als die Vision eines verwirrten Geistes dargestellt hatte, einen tiefen Sinn. Mit einem Mal wußte ich, es war kein Zufall, daß ich - einem unbestimmten Ruf folgend - eine Reise unternehmen mußte, um an eben jenen Ort zu gelangen, den ich schon während des Berichtes meines Alter egos als den Schauplatz eines tragischen Unfalls identifiziert hatte. Eines Unfalls, an dem in einer anderen Welt zu einer anderen Zeit ein anderer Robin mit einer anderen Dana, die sich Helèn nannte, in einem Mietwagen einen Abhang hinabgestürzt war. Kein Zufall, Bestimmung. Etwas wollte, daß gewisse Dinge sich auf eine bestimmte Weise entwickelten. Und ich wußte, dieses Etwas hatte die Gestalt eines wunderschönen weißen Vogels, der mit unbewegten Schwingen in anmutigem Gleitflug direkt vor der Sonne zu stehen schien, so daß es aussah, als sei er von einem hellen Schein umgeben.

Ich ging zu der Tür, hinter der meiner Erinnerung nach der Ausstellungsraum hätte liegen sollen, und öffnete sie. Auch hier war alles verlassen und vom Staub der Jahre bedeckt. Wo sich kurz zuvor ein Museum für hunderte von Uhren befunden hatte, gab es nur zerbrochene

Vitrinen und leere Regale.

Während ich versuchte, die ominöse Veränderung zu analysieren, bemerkte ich auf einem der verfallenen Tischlein etwas Glitzerndes. Als ich danach griff, lag für einen Moment noch einmal der betörende Duft von Julys Parfum in der Luft und ich glaubte eine leichte Berührung auf meiner Wange zu spüren, wie von einem sanften Kuß. Irritiert blickte ich auf das, was ich da in Händen hielt. Es war ein exotisch anmutendes Schmuckstück, in dem ich ohne Mühe den Anhänger wiedererkannte, den ich am Abend zuvor bewundert hatte. Oder waren das nur Erinnerungen aus einem längst vergangenen Zeitalter? Auf seiner blanken Oberfläche war ein zartes Geflecht von dünnen Linien in einem filigranen, verzweigten Muster eingraviert. Darüber funkelte ein einzelner, überaus sorgfältig geschliffener, weißer Edelstein, der geradewegs von innen heraus zu leuchten schien. Im Geiste dankte ich July für das herrliche Geschenk. Denn das war es, dessen war ich mir sicher.

Unversehens fiel ein Sonnenstrahl durch das einst so prächtig geschmückte Schaufenster, das nun so schmutzig war, daß man kaum hinaus auf die Straße sehen konnte. Die Straße! Da draußen mußte es eine Welt geben. Meine Welt, wie ich hoffte. Wie im Traum durchquerte ich die einstige Galerie und öffnete die Tür. Quer über den Türrahmen waren mehrere schmale Bretter genagelt, die mir den Durchgang versperrten. Ich trat mit dem Fuß dagegen. Sie waren morsch genug, um sofort entzweizubrechen. Dann befand ich mich im Freien. Die Sonne stand hoch am Himmel; es war angenehm lau und hell. An einem der gegenüberliegenden Hauseingänge standen zwei Frauen, die ihre Unterhaltung unterbrochen hatten und verwundert zu mir herüberblickten.

Mit Sicherheit war dies das kleine Gäßchen, das mich zu Julys Haus geführt hatte. Aber es hatte sich verändert. Die Gebäude sahen weit weniger alt aus als ich sie im Gedächtnis hatte. Einige machten gar den Eindruck, als seien sie vor kurzem erst modernisiert worden. An einigen Stellen, von denen meine Erinnerung mich glauben machen wollte, daß dort kleine Häuschen mit niedrigen Dächern gestanden hatten, erblickte ich nun freie Plätze, die den Blick auf einen dahinter liegenden Park freigaben.

Ich machte einige Schritte vorwärts und drehte mich noch einmal um. ‚Uhren & Zeitmeßgeräte‘ verkündete das uralte, kaum mehr lesbare Schild über dem blinden Schaufenster. Einer plötzlichen Eingebung folgend, griff ich nach meiner Brieftasche und holte die Visitenkarte heraus, die ich tags zuvor von July bekommen hatte. Das Papier war völlig vergilbt. Von den Schriftzeichen, die mich - und ich sage dieses Wort mit Vorsicht - ‚gestern‘ noch hierher geführt hatten, war nichts mehr zu erkennen. Die Karte war leer.

Mit langsamen Schritten ging ich die Gasse hinunter, vorbei an den modernisierten Häusern, vorbei an den verdutzten Frauen, denen ich wahrscheinlich gerade Gesprächsstoff für die nächste Woche geliefert hatte, vorbei an dem kleinen Straßenschild. ‚Park Road‘ war darauf zu lesen. Ich zuckte nur mit den Schultern und setzte meinen Weg fort, erfüllt von innerer Ruhe und mit dem guten Gefühl, endlich meine Richtung im Leben gefunden zu haben. Ich würde zurückgehen, zurück zu Dana.

Am nächsten Morgen stand ich früh auf. Die Sonne schien in mein Zimmer. Ich spürte, es würde ein guter Tag werden. Ich duschte, rasierte mich und kleidete mich an. Dann holte ich das gute Jackett aus meinem Koffer, das ich für besondere Anlässe stets bei mir führte. Leider hatte es derer in den letzten Jahren viel zu wenige gegeben, so daß ich nicht oft Verwendung für dies edle Tuch gehabt hatte.

Nach einem morgendlichen Spaziergang setzte ich mich zunächst zum Frühstück ins ‚Unicorn's Garden'. Ich wollte die Vergangenheit in mich aufnehmen, bevor ich mich ihr stellen würde. Bei frischen Brötchen und heißem Kaffee blickte ich ein letztes Mal zurück auf das Sammelsurium von Erfahrungen, welches ich mein Leben nannte. Im Geiste versetzte ich mich an all die Orte, die ich gesehen, an denen ich gelebt und gearbeitet hatte und erinnerte mich der Menschen, denen ich auf meinem Weg begegnet war. Ich entsann mich der Frauen, mit denen ich geschlafen hatte und derer, für die ich etwas empfunden zu haben glaubte. Keine von ihnen war auch nur annähernd so gut für mich gewesen wie Dana.

Ein wenig waren die Erfahrungen mit diesen Frauen wie schlechtes Bergsteigen. Ich mußte schmunzeln. Zugegeben, das war nicht grad' ein schmeichelhafter Vergleich, aber er gefiel mir und belustigte mich. Außerdem war er zutreffend. Es war, als hätte ich mit jeder einzelnen meiner Liebschaften versucht, einen Berg zu besteigen. Doch mit keiner von ihnen war ich über den ersten Grat hinausgekommen. Immer blieben sie hinter mir zurück und nie konnten sie mir den Halt geben, den ich gebraucht hätte, um die Vorsprünge zu erklimmen, die man nur im Team bezwingen konnte. So war ich jedesmal wieder abgestiegen ins Tal, das tief im dunklen Schatten des Berges lag. Mit Dana aber hätte ich den Gipfel erstürmen können, ein Meer aus Wolken überschauend; mit ihr wäre ich dem Himmel ein Stück näher gekommen. Damals war ich zu jung, zu unerfahren, um das zu erkennen. Ich hatte erst den weiten, steinigen Weg gehen müssen, an dessen Ende ich jetzt stand. Nun endlich, nach all den Jahren des Umherziehens und des Ausprobierens hatte ich also meinen Ruhepunkt gefunden. Paradoxerweise war ich genau da angekommen, von wo ich seinerzeit aufgebrochen war.

Im Geiste zog ich einen Schlußstrich. Zu lange schon war ich den falschen Werten gefolgt. Es war an der Zeit, den Grundstein zu legen für meine Zukunft. Und diese Zukunft hatte, wie ich hoffte, einen Namen: Dana.

Von sanfter Nervosität beschlichen, zündete ich mir eine Zigarette an. Schließlich ließ ich mir von dem Kellner ein Telefonbuch geben. Eine gute Minute später hatte ich ihre Adresse. Mein Herz begann schneller zu schlagen und meine Hände wurden feucht. Von einer Sekunde auf die andere wurde mir die Dreistigkeit meines Vorhabens bewußt.

Einst hatte ich Dana sehr gut gekannt. Aber seitdem waren fast zehn Jahre vergangen. Jahre, in denen wir uns beide verändert hatten. Wir waren auseinander gegangen, ohne uns umzublicken. Natürlich waren wir einander zu Fremden geworden. Nichts würde mehr so sein wie früher. Vielleicht war sie sogar verheiratet oder hatte einen Freund, einen Geliebten, einen geschiedenen Ehemann, womöglich Kinder. Einen Moment lang spielte ich mit dem Gedanken, meinen verrückten Plan fallen zu lassen und mein bisheriges eigenbrödlerisches Leben weiterzuführen. Doch dann kamen mir Julys Worte wieder in den Sinn. Und auch jener Robin, der gebrochen und resigniert an irgend einem Ort zu irgend einer Zeit vor sich hinvegetierte, erschien vor meinem geistigen Auge. Nein, ich durfte jetzt nicht aufgeben. Ich mußte es versuchen, mußte einen neuen Anfang wagen. Sowohl July als auch meinem Alter ego war ich das schuldig.

Mich überkam ein Gefühl, wie es ein Fallschirmspringer haben mußte, der sich für den großen Sprung bereit macht. Aber mein Sprung würde der schwierigste von allen werden: der über den eigenen Schatten.

Ich nahm einen tiefen Zug von meiner Zigarette und blies den Rauch in die Luft. Mit den Augen folgte ich den feinen Schwaden und sah zu, wie sie langsam nach oben stiegen und sich in Nichts auflösten, genau wie viele der Träume, die ich einst gehabt hatte.

Etwa um die Mittagszeit verließ ich das ,Unicorn's Garden', um die Adresse aufzusuchen, die ich aus dem Telefonbuch abgeschrieben hatte. Und obwohl sie ein gutes Stück entfernt lag, beschloß ich, zu Fuß zu gehen. Ein bißchen frische Luft würde mir gut tun. Außerdem konnte ich die Gelegenheit nutzen, über alles nachzudenken. So lief ich über die lebendigen Straßen Londons, zielsicher dem neu entdeckten Pfad folgend, der die Brücke schlagen sollte zwischen meiner Vergangenheit und meiner Zukunft.

Plötzlich hörte ich die quietschenden Reifen eines Autos, das eine Vollbremsung hinlegte. „Sind Sie wahnsinnig, Mann! Wollen Sie sich umbringen?", brüllte mich der Fahrer aus dem heruntergekurbelten Fenster an. ,Take it easy...' klangen lautstark die ,Eagles' aus seinem Autoradio. Zutiefst mit der vor mir liegenden Begegnung beschäftigt, war ich unachtsam gewesen und dem Wagen direkt vor den Kühler gelaufen. Als ich mir der Situation vollständig bewußt wurde, war ich schockiert. Ein einziger Fehltritt und ich hätte mein Vorhaben nie in die Tat umsetzen können, hätte Dana niemals wiedergesehen. All der Aufwand, den mein Schicksal sich für mich gemacht hatte, wäre umsonst gewesen. „Blöde Touristen!", schimpfte der Fahrer. Dann gab er Gas und fuhr weiter.

Das zweite Déjàvu des Tages überkam mich als leise Erinnerung an ein ähnliches Erlebnis, das ich vor gut zehn Jahren gehabt hatte. Damals war ich gedankenverloren durch die Straßen Londons gelaufen. „Freiheit" und „Liebe" hießen die Optionen, denen ich mich gegenüber gestellt sah, unfähig mich für eine von beiden zu entscheiden. Bedrängt von den kleinen Teufeln in meinem Kopf war ich schließlich vor ein fahrendes Auto gelaufen, das ich durch meine von quälenden Fragen und Zweifeln getrübte Wahrnehmung nicht gesehen hatte. Körperlich war ich unverletzt geblieben, aber in meinem Innern hatte sich etwas verändert. Jählings war ich mir der Zerbrechlichkeit des eigenen Lebens bewußt geworden und abrupt hatten meine Grübeleien ein Ende gefunden. Die Entscheidung war gefallen: Freiheit! Dieses Mal würde meine Wahl anders ausfallen.

Ich blickte mich um. Mein Weg hatte mich direkt bis vor den kleinen St. James Friedhof geführt. Das hätte ja gepaßt, mußte ich denken. Erst jetzt bemerkte ich den besonders schönen Regenbogen, der hoch am Himmel stand. Ich nahm mir einen Moment, das farbenprächtige Schauspiel, das mir wie ein gutes Omen erschien, zu bewundern. Nein, dieser Tag war zu schön zum Sterben.

Schließlich stand ich wohlbehalten vor einem kleinen, freistehenden Haus in einer ruhigen Gegend Londons, ganz in der Nähe des Botanischen Gartens. Man sah sofort, daß der Besitzer viel Liebe in sein Häuschen investiert hatte. Die Wände leuchteten in einem zarten Rosa, Fenster und Türrahmen waren weiß gestrichen und auf dem Dachgiebel thronte ein messingfarbener Wetterhahn. Rund herum zog sich ein niedriger Lattenzaun, der ein kleines Gärtchen umschloß, in dem bunte Blumenbeete, wunderschöne Rosensträucher und sogar ein kleiner Kräutergarten angelegt waren.

Mit jeder Sekunde, die ich länger vor dem Haus verweilte, wußte ich, hier würde ich sie finden. Ohne Hast öffnete ich das Gartentor und ging zur Haustür. Dabei umfaßte ich den goldenen Anhänger - Julys Geschenk - den ich in der Jackentasche mit mir führte. Ich atmete tief durch. Zögernd drückte ich den Klingelknopf. Einen Augenblick lang, der mir wie eine Ewigkeit vorkam, geschah nichts. Ich sah zu, wie meine Hand sich langsam von der Klingel zurückzog, als gehörte sie gar nicht mehr zu mir, sondern wäre dem Willen einer fremden Macht unterworfen. Wie benommen wartete ich. Eine Sekunde. Zwei Sekunden. Drei Sekunden. Dann hörte ich, wie sich hinter der Tür etwas bewegte. Für die Dauer eines Herzschlags überkam mich der Gedanke an Flucht. „Reiß' dich zusammen!", murmelte ich mir selbst zu, während ich wie in Zeitlupe das langsame Drehen des Türknaufs beobachtete. Stück für Stück öffnete sich die Tür, bis sie ganz offen stand. Mein Herz schien stehenzubleiben. So oft hatte ich in Gedanken diesen einen Moment durchgespielt, hatte ihn wie einen Film immer und immer wieder vor meinem geistigen Auge ablaufen lassen. Und doch war jetzt alles auf so unbeschreibliche Weise anders.

Vor mir stand Dana. Als sie mich erkannte, stellte sich ein Ausdruck auf ihrem Gesicht ein, der so widersprüchlich war, daß es schwer fällt, ihn in Worte zu fassen. Gleichzeitig wurde ich einer Mischung gewahr aus Verwunderung, Unglaube, aufkommender Erinnerung, verletzter Liebe und ...Hoffnung? Wie gebannt starrte ich sie an. Ich war unfähig, auch nur ein Wort über die Lippen zu bringen. Also begnügte ich mich damit, sie einfach weiter anzustarren. Die Jahre waren auch an ihr nicht spurlos vorüber gegangen. Um die Augen hatte sie einige kleine Fältchen bekommen, ihr Haar trug sie jetzt kürzer und auf schwer zu beschreibende Art wirkte ihr Gesicht erwachsener. Hatte nicht irgendwer einmal behauptet, man könne die Lebensgeschichte eines Menschen an seinem Gesicht ablesen? Als sich unsere Blicke trafen und ich in das endlos tiefe Blau ihrer Augen schaute, da strömten mir Hunderte von nie erzählten Geschichten daraus entgegen.

Ich weiß nicht, wie lange wir so dastanden und einander anschauten. Vielleicht waren es nur Sekunden, vielleicht aber auch Stunden. Letztendlich machte es keinen Unterschied, denn mit der Macht eines Naturgesetzes hatten diese Augen die Zeit außer Kraft gesetzt. Wäre das Armageddon über uns hereingebrochen, wir hätten es nicht bemerkt. Als ich schließlich nach all den unausgesprochenen - obgleich nicht ungesagten - Worten meine Stimme wiederfand, war es kaum mehr als ein leises Krächzen, das sich meiner Kehle entrang. Dennoch lag das Versprechen und die Hoffnung von Welten allein in diesen drei Worten. „Ich bin zurück."

Epilog

Voices in the air, drifting from afar
Evening finds her waking, dancing with the stars
And when I'm waitin' for the moon to smile upon my face
Moongirl's softly sleeping, daylight dreams away

Silence stepping by, lightly on the ground
Moving like a butterfly, never makes a sound
And when I'm waiting for the sun to shine so I can see
Come the dancing moongirl watching over me
(Love of my life)

< Barclay James Harvest - „Moongirl" >

Immer größer wurde die Menschenmenge, die sich um den leblosen Körper des am Boden liegenden Mannes sammelte. Jemand mit einer Erste-Hilfe Ausbildung bahnte sich seinen Weg durch die umstehenden Leute und versuchte vergeblich eine Wiederbelebung durchzuführen. Eine Frau redete wild auf den wie paralysiert hinter dem Steuer seines Wagens sitzenden Unglücksfahrer ein. In der Ferne waren Sirenen zu hören.

Robin war erfüllt von einem Gefühl tiefer Ruhe und Geborgenheit. Unbeteiligt beobachtete er das Geschehen unter sich. Er schwebte einige Meter über seinem Körper und wunderte sich über die Aufregung. War er das, der da lag? Seltsam unberührt blickte er in das Gesicht, das bis vor ein paar Augenblicken das Seine gewesen war und dessen Augen nun ziellos und gebrochen in die Ferne starrten.

„Ich bin tot." Völlig objektiv und ohne jede Wertung faßte er diesen Gedanken. Er versuchte, sich die Bedeutung des Wortes vor Augen zu führen. Tot. Das Ende des Lebens, ein alles verschlingendes Nichts, endlose Dunkelheit, ewiges Vergessen. - Aus dem Staub bist du gekommen; zum Staub kehrst du zurück.

Ohne, daß er sich einer Bewegung bewußt geworden wäre, entfernte Robin sich langsam. Ob er noch einen Körper hatte? Was bleibt von einem Menschen, wenn er die Welt verläßt und nur noch eine schwächer werdende Erinnerung ist? Ist das Leben tatsächlich nur ein kurzes Aufflackern zwischen Geburt und Tod? Scheinbar sinnreich für den Moment und trotzdem bald vergessen, nachdem es ausgelöscht wird. Waren die Dinge, die er getan hatte, von bleibendem Wert oder waren sie wie Seifenblasen im Sommerwind? Schön anzuschauen in einem Augenblick, zerplatzt und vergangen im nächsten.

Je weiter er alles hinter sich zurückließ, desto unwichtiger erschienen ihm solche Fragen. Leiser und leiser wurden die Geräusche von der Straße, bis sie schließlich vollends verklangen.

..Stille

Immer weiter wurde er empor gehoben, bis dunstige Schleier seinen Blick trübten und das Land unter ihm langsam verschwinden ließen. Nur noch schemenhaft konnte er die Welt erkennen, bis sie vollends von den nebligen Schwaden verschluckt wurde.

So schwebte er körperlos, blind und taub in einem konturlosen Nichts, bar jeder Orientierung oder Perspektive. Dennoch fühlte Robin sich geborgen wie nie zuvor in seinem Leben. Eine wohlige Wärme überkam ihn, die sein Denken träge und sein Bewußtsein verblassen machte. Er wurde eins mit dem ihn umgebenden Nichts, wurde Teil des allumfassenden Nexus.

...Harmonie

An jenem Ort hatten Raum und Zeit jegliche Bedeutung verloren. Sie waren ebenso unbestimmbar wie irrelevant; sie existierten nicht. So mochte es Sekunden später gewesen sein, vielleicht waren aber auch Äonen vergangen, als abermals ein Funke von Bewußtsein in Robin aufblitzte. Mit Sinnen, die er nicht beschreiben konnte, empfand er plötzlich die Präsenz eines anderen Wesens. Eine nicht definierbare Woge der Zuneigung durchflutete ihn. Langsam drehte er sich um das, was er in seinem vorherigen Leben als die eigene Achse bezeichnet hätte.

Ein endlos scheinendes Meer aus Wolken breitete sich vor ihm aus. In der Ferne konnte er eine glühend rote Sonne in diesem himmlischen Ozean untergehen sehen. Vereinzelt türmten sich riesige, blaugraue Säulen, die von rosafarbenen Schwaden umgeben waren, in stahlblaue Höhen, welche sanft in die Schwärze ewiger Nacht übergingen. Über allem erleuchteten unzählige Sterne mit kühlem Glanz das Firmament.

Ganz gefangen von dem phantastischen Anblick, der sich ihm bot, verspürte er aufs Neue das Gefühl, nicht allein zu sein. Da bemerkte er in unmittelbarer Nähe ein leichtes Flimmern der Luft, ausgehend von einer kleinen, in goldenem Licht erstrahlenden Kugel. Langsam löste sich ein einzelner Lichtpunkt von dem Gebilde. Ihm folgten noch weitere, bis unzählige Funken den Raum um die Kugel ausfüllten, wobei sie sich erhaben auf bestimmte Positionen zubewegten. Fast schien es, als formierten sie sich in einem festgelegten Muster. Für einen Augenblick wurde das Schauspiel heller als die

Sonne und Robin mußte den Blick abwenden. Als er sich wieder umwandte, blickte er vor dem Hintergrund des endlosen Wolkenhimmels in das Gesicht seiner Frau. Helèn! Sie schien von einem überirdischen Glanz umgeben, der sie wie flüssiges Silber umfloß. Um ihren Mund legte sich jenes altvertraute Lächeln, das er so lang vermißt hatte und in ihren Augen standen Tränen der Freude. „Da bist du endlich", vernahm er ihre Stimme. „Ich hab' so lang auf dich gewartet."

Robin fühlte ein tiefes Glücksgefühl in sich aufsteigen. In einem ersten, aus purer Liebe geborenen Impuls wollte er auf sie zustürmen und sie umarmen. Und während er diesen Gedanken faßte, verspürte er ein leichtes Pulsieren seiner Selbst.

Hätte er sich selbst betrachten können, so hätte er eine kleine, wie schwerelos in der Luft hängende, goldene Kugel gesehen, von der sich erst einzelne, dann unzählige Lichtpunkte lösten, die einen Moment lang heller als die Sonne erstrahlten.

Es war dieser Lichtblitz, der in Robin den Funken des Erkennens entfachte. Schlagartig erinnerte er sich an das Leid seines vergangenen Lebens, erinnerte sich daran, Helèn verloren zu haben, erinnerte sich an den Schmerz und die Trauer, die er zur Philosophie erhoben hatte und daran, daß ihm das Schicksal einen Spiegel vorgehalten hatte.

In seinem Geiste erschien das Bild einer wunderschönen Flußlandschaft. Unzählige glitzernde Linien, die sich in der Ferne immer weiter verzweigten, durchzogen ein sich in alle Richtungen bis in die Unendlichkeit ausdehnendes Land und bildeten ein komplexes Muster von Hauptströmen, Nebenflüssen und Seitenarmen, die am Horizont bald nicht mehr als solche zu erkennen waren. Irgendwo in diesem Muster waren sein Alter ego und er sich begegnet. Für eine kurze Zeit hatte das Schicksal sie zu Weggefährten gemacht, zu Wanderern zwischen den Welten, um einen Fehler zu korrigieren, der aus einem starken Fluß zwei träge fließende Bächlein gemacht hatte.

Mit der Gewißheit, seinen Teil dazu beigetragen zu haben, das Muster des Lebens wieder ein wenig schöner und strahlender zu machen, fiel alles Leid seines vergangenen Lebens von ihm ab wie der Kokon eines Schmetterlings, der zum ersten Mal seine Flügel entfaltet.

Und während an einem anderen Ort zu einer anderen Zeit ein kleiner Papierflieger, auf dessen Unterseite ein gerade in Erfüllung gegangener Wunsch geschrieben war, am Ufer der Seine landete, konnte man aus einer etwas erhöhten Perspektive zwei Gestalten, die von einem überirdischen Glanz umgeben schienen, sich in inniger Umarmung vereinen sehen.

- ENDE ? -

**In Gedenken an den alten Mann,
dem meine Bewunderung gilt**